KB075279

우리는 열도 침몰을 원한다

우리는 열도 침몰을 원한다 8권

초판1쇄 펴냄 | 2023년 02월 08일

지은이 | 두경
발행인 | 성열관

펴낸곳 | 어울림 출판사
출판등록 / 2009년 1월 23일 제 2015-000062호
주소 / 경기도 고양시 일산동구 무궁화로 43-55, 801호 (장항동, 성우사카르타워)
TEL / 031-919-0122
FAX / 031-919-0127
E-mail / 5ullim@hanmail.net

ⓒ2023 두경
값 9,000원

ISBN 978-89-992-8227-0 (04810)
ISBN 978-89-992-8004-7 (SET)

우리는 열도 침몰을 원한다

필독

본문에 등장하는 인물과 단체 혹은 기업에 관한 이야기는 실제 존재하지 않는 설정이고, 본문에 등장하는 아만티움은 존재하지 않는 가상의 금속임을 알려드립니다.

우리는 열도 침몰을 원한다

지각변동

 중국이 위구르족과 전쟁을 벌이고 일본이 해상 자위대 전력 공백을 메꾸는 동안, 한국은 아테나급 구축함 9척을 건조해냈다.

 [아테나급 구축함
 DDA—1001 백두산함
 DDA—1002 한라산함
 DDA—1003 지리산함
 DDA—1004 설악산함
 DDA—1005 속리산함

DDA—1006 치악산함

DDA—1007 주왕산함

DDA—1008 내장산함

DDA—1009 태백산함]

아테나급 구축함은 DDA 천 번대로 한국을 대표하는 주요 명산(明山) 이름이 함명으로 정해졌다. 기준 배수량 12,000톤급 구축함으로 레일건과 레이저 빔 발사 시스템을 탑재했고, 스마트 원자로가 설치되어 항해 거리에 구애받지 않는다는 내용이 발표되었다.

그러자 미국과 이스라엘을 제외한 대부분의 나라가 말도 안 되는 스펙이라고 비웃었다. 특히 중국과 일본은 매일 자국의 주요 언론을 통해 논평을 쏟아내었다. 한국에 그런 기술이 있을 리 없으니 이건 분명 거짓 발표라 한 것이다. 아니라면 조사단을 발표할 테니 수락해라 등의 기사들을 쏟아냈다.

얄팍한 수작을 부리는 것인데, 한국이 그런 어이없는 제안을 받아들일 리 없었다. 그들이 뭐라고 떠들던 내부에선 국방력 강화를 위해 준비해 나갔다.

하지만 돈이 부족한 관계로 방위사업단은 내 의견을 받아들여 태백산 함을 미국에 35억 달러에 판매하기로 합의했다.

"35억 달러라니 구축함 한 척 값으로는 천문학적이

군요."

이미 합의가 이루어진 후다. 뒤풀이를 위해 가벼운 파티가 마련되었는데, 거기서 미국 협상단으로 참석했던 윌리스 국방부 장관이 하는 말이다.

그러자 포트먼 장관이 가벼운 미소를 머금은 채 말했다.

"그래도 생각보단 저렴하게 구입한 겁니다. 생각해보세요. 꿈의 무기라는 레일건은 물론이고 미래 무기라는 레이저 빔 발사 시스템까지 동시에 갖춘 구축함입니다. 거기다 완벽한 스텔스와 전자전 능력까지 고려하면 50억 달러를 불렀어도 할 말이 없었을 겁니다."

"그렇긴 한데 뜯어보지도 못하는데 어떻게 연구할지 걱정입니다. 차라리 돈을 더 주더라도 기술 이전을 받아야 하는 거 아닐까요?"

"한국 속담에 첫술에 배부를 수 없다는 말이 있습니다. 이것을 시작으로 끈질기게 요구하다 보면 차후엔 물꼬가 트이지 않겠습니까?"

"저도 그걸 알지만 답답해서 그럽니다. 답답해서……."

"그동안 미국 기업들이 첨단 기술을 가졌다는 핑계로 좀 많이 으스댔잖습니까. 그러니 저들도 원한을 풀어보겠다고 저러는 겁니다. 일단 즐기게 놔두고 방법을 찾아봐야죠."

포트먼 장관은 국무부 장관답게 폭넓은 사고를 하고 있었다. 그동안 당한 것이 있으니 풀 수 있는 시간을 준 다음 어르고 달래서 방법을 찾아보겠다는 거다.

"장관님을 말씀을 이해합니다만 제 생각엔 언제 그날이 올지 요원해서 그럽니다."

"……."

"이번에 확인했지만, 한국… 아니, 정확히는 WT그룹이 가진 첨단 기술이 아테나급 구축함만 있는 것도 아니고 끌려다닐 수밖에 없다는 생각이 들어서 미국을 사랑하는 애국자로서 안타까울 따름입니다."

"하긴. 한국이 예전과는 많이 달라졌죠."

"이게 다 WT그룹의 강백호 대표와 그 형제들 때문입니다. 그나저나 실전과 같은 테스트를 하겠다는데 괜찮을지 모르겠습니다."

미국 대표단이 하도 돈을 깎아 대려고 하니까 내가 선언했다.

아테나급 전함이 어떤 능력을 지녔는지 직접 테스트해 보자고 말이다.

"도입하기 전 아테나급 전함의 실체를 확인할 수 있으니 우리로선 반대할 이유가 없는 일입니다."

한 척에 35억 달러를 받기로 했으니 보여줄 건 보여줄 생각이다.

자체적으론 이미 실전 테스트를 실시했지만 대외적으

14

로 미국 대표단이 보는 데서 테스트하는 것과는 또 다른 일이라 모두가 긴장했다. 하물며 대항군으로 7함대가 직접 참여함으로써 미국도 이 테스트를 진심으로 받아들였다.

*　*　*

7함대는 망원경으로 봐야 자세히 볼 수 있는 거리에 떨어져 있는 아테나급 구축함 세 척과 마주하고 있었다.

이번 테스트에서 기함이 된 알레이 버크급 구축함(미국 이지스함) 매케인함 함교에는 사령관이 인상을 잔뜩 구기고 망원경에 시선을 집중했다.

"미치겠군. 아테나급 구축함이 위력적이라곤 하지만 고작 세 척을 상대로 우리 7함대의 전력을 쏟아부으라는 건가?"

"훈련일 뿐입니다. 오히려 우리 7함대의 위력을 제대로 보여줄 수 있는 기회라고 생각하면 되지 않겠습니까?"

"그렇긴 한데… 상부 명령이니 어쩔 수 없지. 발사하기로 예정된 미사일만 몇 기지?"

"150기입니다."

사실 할 수 있는 만큼 동원하라고 했다. 함대함 미사일의 경우 한 발 당 수십억을 호가하기에 비용 문제도 있고 해서 150발 정도만 동원하기로 한 거다.

"그것참……."

"견뎌낼까요?"

"자네 그 얘기 들었나?"

"어떤?"

"강백호 대표라는 작자가 그랬다는 거야. 사실상 한 척만 있어도 7함대를 상대하는 데 부족함이 없지만 보는 눈도 있고 하니 3척을 동원하겠다고 말이야."

"건방지군요."

"자신감에서 나오는 건방이라는 것이 문제지."

사실 7함대 사령관은 아테나급 전함이 7함대를 막아낼 수 있다는 것을 믿지 않았다.

전문가들이 대단한 구축함이라고 하니 그런 줄은 알겠지만, 고작 세 척으로 어떻게 미국이 자랑하는 7함대를 막아낸다는 말인가?

더구나 이번 실전 테스트에서는 미사일 150기뿐만 아니라 7함대에 소속된 니미츠급 항공모함에서 이륙한 함재기 50기도 함께 동원될 예정이다.

함재기에서도 실제 공대함 미사일 발사될 예정이라 아테나급 구축함이 이걸 막아내지 못한다면 대참사가 예상되는 순간이기도 했다.

"시간이 얼마나 남았지?"

"10분 전입니다."

"만약에 말이야. 아테나급 구축함이 미사일 공격을 막아낸다면 어떻게 되는 거지?"

"아마도 지각변동이 불가피할 겁니다. 그리고 이 테스트가 있기 전 한국에서 건조된 아홉 척 중 한 척이 도입된다고 들었습니다."

"고작 한 척?"

"이번엔 한 척이고 건조 중인 구축함 중 세 척이 추가로 논의 중이라고 하더군요."

"누가 그래?"

"협상단에 제 친구가 있어서 알아낸 정보입니다."

이번 테스트가 완료되면 언론에 발표될 내용이니 알려준 거다. 그 외에 세세한 내용은 여전히 비밀이 유지되고 있었다.

"한 척이 가진 위력이 가공할 정도인데 한국은 왜 그리 많이 건조하는 거지?"

"일본과 중국 때문이겠죠. 상황에 따라 러시아까지 한국을 견제할 수 있으니 주변 강대국을 상해하려면 부득이하게 많은 숫자가 필요하다고 생각했을 겁니다."

"오늘 증명이 된다면 바다에서는 한국의 독주를 막을 수 없겠군."

"바다뿐이 아닐 겁니다."

"그건 무슨 소리야?"

"한국에서 이미 6세대 전투기가 개발됐다는 말이 돌고 있습니다."

함대 사령관의 부관이 대령의 입에서 새로운 정보가 쏟아졌다. 훈련과 기동을 밥 먹듯이 하는 7함대 특성상 정보에 둔감한 측면이 있는데, 부관은 그런 사령관의 부족함을 채워주고 있었다.

"5세대도 아니고 6세대?"

"네. 그 때문에 F—22 도입이 취소됐다는 말도 있습니다."

"5세대의 결정판이라고 하던 F—22를 도입하지 않는다고?"

"네. 비록 한국에서 개발되기는 했지만 6세대가 탄생한 마당에 그보다 못하고 비싸기만 한 5세대 전투기를 도입할 이유가 없다는 겁니다."

"도대체 한국에서 무슨 일이 일어나고 있는 거야?"

사령관은 속으로 외계인이라도 나타난 건가? 하는 웃지 못할 생각을 떠올렸다.

아테나급 구축함이 출현한 것만 해도 엄청난 충격을 받을 만한 일이었다. 그런데 무려 6세대 전투기가 이미 개방됐다니. 이건 7함대 사령관에게도 충격 그 자체였다.

"사령관님. 시간 됐습니다."

사격 통제관이 시간을 알려왔다.

"시작해."

"네. 사령관님! 미사일 발사하겠습니다."

함재기 50기는 이미 이륙해서 대기 중이다.

미사일이 발사되고 나면 거의 동시에 함재기에서도 각 두 발씩의 공대함 미사일이 발사될 것이다.

함장이 명령하고 사격 통제관의 지시에 따라 지휘 통제실에 부산한 움직임이 이어지더니, 미사일 발사가 순차적으로 이루어졌다.

하픈과 씨스패로우 등 여러 종류의 미사일이 동시에 발사되었다. 그와 동시에 아테나급 구축함인 DDA—1001 백두산함에서도 요격이 시작되었다.

펑! 펑! 펑!

하늘에서 화려한 불꽃놀이가 시작되었다.

* * *

백두산함에는 나를 포함해서 여러 고위 장성들이 탑승하고 있었다.

딴에는 대단한 호기를 부리는 거였다. 자칫 실수라도 나오는 날엔 백두산함이 침몰되는 것은 물론이고, 나를 포함한 십여 명의 장군들이 운명을 달리하게 되는 것이다. 대통령도 탑승하겠다는 걸 겨우 말렸더니 국방부 장관이 대신 탑승했다.

"강 대표, 문제없겠지?"

방위사업단 단장을 맡은 합참의장 고진태 대장 눈에는 걱정이 가득했다.

"두고 보면 알게 되겠죠. 훈련은 할 만큼 했으니까 함장에게 맡겨보시죠."

"나도 그렇지만 저 사람들 눈 좀 보게. 오늘이 마지막이 될까 봐 다들 긴장했어."

"하하하! 이왕이면 대한민국 해군이 새롭게 태어나는 날이라고 하는 것이 낫지 않을까요?"

"그거야 그렇지만 2백 기가 넘는 미사일이 날아온다는데 제정신으로 버틸 사람이 몇이나 되겠나?"

"안심하세요. 저도 있잖습니까?"

"그런데 정말 백두산함만 요격에 나서는 건가?"

"불안하세요?"

"그, 그게……."

말꼬리를 흐린다.

미국 대표단을 상대할 때는 기백이 넘쳐흐르던 고진태 장군이다. 그런데 백두산함에 타고 있는 고진태 장군은 긴장하는 기색이 역력했다.

"미사일 발사 시각입니다."

순간 미사일이 발사된다는 보고가 들리자 모두가 침묵했다. 그리곤 전술 통제실에 설치된 화면에 여러 줄기의

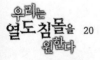

미사일 궤적이 표시되었다.

거의 동시에 인공지능에 의한 요격이 시작되었고, 레이저 빔이 빠른 속도로 발사되기 시작했다.

그다음은 화려한 불꽃놀이가 하늘을 수놓았다. 마치 아테나급 구축함 탄생을 축하하는 기념행사를 보는 듯했다.

"……."

고진태 장군은 직접 보고도 믿기지 않는 사실에 입만 헤 벌리고 말문을 잃었다.

솔직히 나 또한 걱정은 됐다. 그래서 사고에 대비하려고 까막수리를 대기 시켜 놓고 있었다. 그런데 걱정은 기우에 지나지 않았다.

연이어 함재기들이 퍼부은 미사일까지 모두 요격하고 나자 백두산함은 깜찍한 퍼포먼스까지 보여주었다. 그것은 다름 아닌 이번 테스트에 참가한 7함대 함정들을 락 온 시켜버린 것을 말하는 거였다.

실전에 가까운 테스트인 것을 알지만 함대 레이더병들은 난리가 났다. 그러더니 메케인함 레이더에서 백두산함이 감쪽같이 사라졌다.

"어?"

"왜 그래?"

"사, 사라졌습니다."

"무슨 소리야?"

"DDA—1001 백두산함이 레이더에서 사라졌습니다."

"지금 장난해? 저기 육안으로도 뻔히 보이는 함정이 어디로 사라졌다는 거야?"

"저, 정말입니다. 여길 보십시오. 눈으로 보일지는 몰라도 레이더에서는 완벽하게 사라졌습니다."

메케인함도 스텔스 기능이 있기는 했다.

그러나 크기를 줄여서 고깃배처럼 보이게 할 뿐 레이더에서 사라지게 하는 것은 불가능했다.

"강력한 전자전 능력을 지녔다고 하더니 그걸 보여주겠다고 이러는 모양이군."

"이게 실전이었다면… 으~ 생각만 해도 끔찍합니다."

"자네 말대로군. 이제 우리 미국이 가졌던 세계의 경찰이란 타이틀은 한국에 내줘야 할 판이야."

이미 예견된 일이었다.

오늘 일은 그것이 현실로 나타났다는 것을 만방에 알리는 것에 불과했다.

7함대 진영에서 백두산함의 요격에 경악했다면 백두산함에 탑승하고 있던 우리 승조원들은 환호를 질렀다.

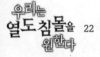

오늘 발사된 250기의 미사일 중 단 한 발이라도 통과됐다면 이렇게 환호작약할 수 없었을 것인데 결과는 한마디로 퍼펙트 그 자체였다.

이것은 동아시아에서 세계를 호령할 새로운 강자가 태어났다는 것을 알리는 거였다.

* * *

얼마 후 1009번 함이 미국에 매각되고 내 앞에 소피가 나타났다.

"또 나타났군요."

"반갑지 않으세요?"

"글쎄요. 이스라엘에 구축함이 필요한 것도 아닌데 시기상 미묘하기는 하군요."

"아테나급 구축함에는 관심 없어요. 아테나 지상 버전이라면 몰라도."

"위구르 쪽 전쟁이 지지부진한 것 같던데 거기에 집중해야 하는 거 아닙니까?"

위구르 자치구에서 벌어지고 있는 내전은 1년 가까이 산발적인 전투가 계속되고 있었다.

중국이 전쟁에 집중한다면 벌써 끝났을 전쟁이지만 산샤댐 테러로 인한 여파가 적지 않았다.

"제 담당도 아닌데 제가 왜 거기에 집중하죠?"

"그럼 제 담당입니까?"

"웁스! 들켰네요."

"담당치고는 너무 오랜만에 나타난 거 아닙니까?"

"호호! 기다리신 거예요?"

"글쎄요."

이 대목에선 나도 솔직한 내 마음을 잘 모르겠어서 글쎄요라고 말했다.

"이쯤 되면 제가 뭘 원하는지 확인해봐야 하는 거 아닙니까?"

"뭘 원하죠?"

대뜸 말하더니 싱긋 웃는다.

"이왕 인연을 맺었으니 뭔가를 해야 나도 대가를 생각하지 않을까요?"

아테나를 원하면 내가 원하는 걸 하라는 뜻인데 호기심을 유발했는지 소피가 바짝 다가와 앉았다.

"제가 뭘 해야 하죠?"

"두 가지입니다."

"듣고 있어요."

"하나는 한국 내에서 활동하는 내각조사실 요원을 척결하는 것과 다른 하나는 북한에 식량을 판매하는 겁니다. 양이 얼마가 됐든 원하는 만큼."

"무슨 말인지 알아들었어요."

"왜냐고 묻지도 않습니까?"

"고객이 원하는 일이니 해야죠. 제겐 거부할 권리가 없잖아요."

이스라엘은 식량 수출국이 아니다.

그럼에도 내가 북한에 식량 판매를 요구한 것은 중개무역을 하든 어쨌든 북한에 식량을 들여놓으라는 거였다.

한국이 해도 되는 일이지만 퍼주기네 뭐네 하는 이들이 더러 있어서 논쟁을 피하려는 거였다.

"이왕이면 경제특구 도시 개성에 투자도 좀 하시고."

"그렇게까지 기회를 주시는 거예요?"

"대신 당신은 서울에 거주해야 합니다."

"그건 왜죠?"

"제가 보고 싶을 때 봐야 하니까."

"……."

"놀란 모양이군요."

"의외네요. 미인계가 통할 줄 몰랐거든요."

재밌는 표현이다. 막 들이댄 것도 아니면서 미인계란다.

물론 왜 미인계라고 하는지는 알았다.

지난번 봤을 때 그런 농담을 주고받았으니 그걸 두고 하는 말이니까.

"큭큭. 그거야 두고 봐야 아는 거죠."

"제가 서울에 거주해야 하는 거 말고는 원하는 걸 다 이루었는데 통한 게 아니라구요?"

"서울에 머무는 것이 싫습니까?"

"제 고향은 아니니까요. 그래도 뭐 싫지는 않아요."

아무래도 용기를 내야 할 때가 아닌가 싶다.

오늘 보내면 언제 또 나타날지 모르고 난 그녀 연락처를 모른다.

찾아내자면 찾아내겠지만 그런 수고를 하는 것보다는 지금 확인해보는 것이 낫겠다 싶었다.

"갑작스럽긴 하겠지만 나랑 만나보는 건 어때요?"

피식.

알 듯 모를 듯한 미소가 그녀의 입가에 피어났다.

"그 대답은 숙제부터 하고 와서 대답하면 안 될까요?"

"좋습니다."

언제부터인가 확실하지는 않은데 그녀가 단순한 모사드 요원이 아니란 생각이 들었다.

'내 느낌엔 뭔가가 더 있어.'

누구에게 말할 순 없어도 개인적으론 그리 생각하고 있었다.

어쨌든 소피가 내가 내준 숙제를 하겠다면서 사라진 후 북한에 식량이 공급되기 시작했다.

일부 구호품 성격의 식량이 포함되긴 했으나 대부분은 정당한 거래였다.

가격이 합당했는지는 나도 모르겠다.

그리고 고진태 단장이 무슨 소리를 들었는지 방위사업단 정기 모임에서 나를 만나자 은근한 목소리로 말했다.

"혹시 자네가 한 일인가?"

"뭐가 말입니까?"

"국내에 들어와서 암약하는 내각조사실 요원들이 모두 제거되었다는 거야. 그 말을 들었을 때 문득 자네 생각이 나더군. 어떤가, 자네가 한 일 아닌가?"

"그 일이라면 저 아닙니다."

"정말인가?"

"물론이죠. 제가 했으면 했다고 합니다만 제가 한 일 아닙니다."

고진태 단장에게 소피와 관련된 일이라 말하기 곤란해서 둘러대고 말았다.

그리고 이건 좀 아니라는 생각이 들기도 했다.

고진태 단장이 꽤 높은 고위급 인사이긴 해도 내각조사실 요원들이 제거된 것과 같은 극비 사항은 그의 위치에서는 알면 안 되는 일이다.

내가 모르는 것이 있는지는 모르겠으나 아무튼 이건 좀 아니다.

"내 느낌엔 그게 아니었는데 이상하군. 이렇게까지 확신이 들면 틀리는 일이 좀처럼 없는데 말이야."

"그럼 돗자리 까셔야 하는 거 아닙니까?"

"내가 말했나? 우리 할머님께서 무속인이라고 말이야."

"아~ 그래서……?"

"사람 싱겁긴. 하여간 내가 이런 소리 하면 내 주변 사람들은 허투루 듣진 않는다는 것만 알아두게."

"큭큭! 그럼 저도 기억하고 있어야겠네요."

"아! 깜빡했는데 곧 남북 정상회담이 개최될 거라고 하더군. 의제는 경제특구 추진 관련해서고."

"잘 진행되고 있어서 다행입니다."

내가 시작한 일이 이렇게까지 발전되었다는 것이 놀랍기도 하지만, 이 시점에서 경제특구 대표단에 내가 빠지게 된 것이 더 억울한 기분은 무엇일까?

맞다. 당연히 섞여 있어야 할 자리에 내가 빠져 있었다. 그러나 나를 대신한 대리인이 참여하고 있으니 억울해할 필요는 없었다.

"참 희한하단 말이지."

"또 뭐가요?"

"자네가 말로 하면 그게 척척 다 이루어지니 말이야."

"다 필요하니까 찾는 거죠. 이러다가도 필요 없어지면 언제 그랬냐는 것처럼 모른 척할 겁니다."

"하하하! 인생사가 다 그런 거 아니겠나."

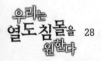

　　　　*　　*　　*

　시간은 왜 이리 빠른 걸까?

　2000년이 되나 싶었는데 벌써 5월이다.

　그 사이 한국은 많이 변했고, 나와 WT그룹도 많이 변했다. 그 외에도 많은 것이 바뀌고 변했다. 변했다는 말이 어울리지 않을 정도로 변했다.

　변했다는 말이 단순해 보여도 내게는 많은 의미가 있었는데, 일본을 벌할 날이 멀지 않았다는 것을 의미하기도 했다.

　동북아 정세는 겉으로 보기에도 위태위태해서 언제 어느 때 충돌이 일어난다고 하더라도 이상할 것이 없었다.

　중국은 아직도 위구르와 으르렁거리면서 국지전을 벌이고 있었다. 그런데 이게 좀 상황이 묘하게 꼬이는 중이다. 중국 입장에서는 독립을 허용하기도 애매하고 계속 내전을 치르기도 애매해서 점점 더 큰 골칫거리가 되고 있었다. 덕분에 한국은 힘을 기르는 중이었다.

　일본은 어떻게 하면은 그것을 방해할까 고민하는 것이 눈에 보일 정도로 안쓰럽게 미국 바짓가랑이를 붙들고 늘어지는 중이다.

　"형님! 그 소식 들으셨습니까?"

　요즘 부쩍 청룡이랑 자주 만나게 된다.

현무는 스피츠베르겐에 집중하고 있어서 외려 얼굴 보기가 어렵고, 청룡은 결혼한 이후로 더 자주 보게 되는 거 같다.

"왜? 현무가 또 사고쳤대냐?"

"하하하! 그게 아니라 독도에 일본 해양보안청 순시선이 다시 나타난다지 뭐겠습니까?"

"또?"

내가 또라고 하는 이유는 전에도 순시선을 나포했다가 함장이 자살하는 충격적인 사건이 있었기 때문이다.

그런 일이 있었는데도 또 순시선이 독도를 얼쩡거린다니 어이가 없었다.

"네. 또 일본입니다."

"아직 정신을 못 차린 모양이구나?"

"원래 그런 놈들인데 본성이 어디 가겠어요?"

"넌 어떻게 생각하냐?"

"뭘요?"

"1년 후면 완벽한 타이밍이지만 지금 시작해도 괜찮다는 생각이 자꾸 들어서 말이야. 요즘 고민이 많았는데 네가 그 소리를 하니까 더 땡기잖아."

그렇게 혼이 났는데도 아직 정신을 못 차린 모양이다. 눈치가 없는 것인지 그게 아니라면 그것을 알고도 또 저러는 것인지 알 수는 없어도 이젠 서열 정리할 때가 된 거다. 그러라고 신이 우리를 과거로 인도했다는 생각이

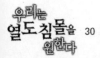

드니까.

"그래도 아직은 때가 아니라고 생각합니다."

"왜? 경제특구 사업 때문에?"

"네. 경제특구 사업이 차질 없이 끝나야 통일로 가는 길이 수월합니다."

"그럼 1년도 부족하잖아."

"제가 볼 땐 일본이 알아서 실수하지 않을까요? 그렇게 당해놓고도 지금도 저 모양이잖아요."

"누가 했는지 모른다고 설마 그게 한국이 아닐 거라고 생각하는 거 아닐까?"

"에이~ 설마요."

그러니까 1년도 조금 더 전에 내가 해상 자위대 함정들을 망가트려 놓았는데 이것들이 한국은 아니라고 생각하는가 싶어서 하는 말이다.

누가 생각해도 정황상 한국 말고는 없는데 말이다.

그렇다면 한국에 자신들이 모르는 뭔가가 있다고 생각해서 신중해야 하는데, 저놈들은 한국을 무시하느라 바빠서 그럴 리 없다고 생각하는 거였다.

"그러니까 저리 까부는 거겠지. 안 그래?"

"그럼 까불지 말라고 티 좀 내 볼까요?"

"우리가 대놓고 할 수 있는 처지는 아니잖아. 그리고 대통령이 허락하지 않을 거다."

몰래 하는 건 상관없다.

그런데 한국이란 이름으로 일본에 경고를 날리는 건 대통령으로부터 명령이 나와야 하는 거였다.

"분위기를 잡아보는 건 가능하잖아요."

"아니다. 네 말대로 아직은 때가 아니니까 순시선 문제는 내가 알아서 할게."

"네. 형님!"

　일본이 그렇게 미워도 아직 이유 없이 민간인을 상하게 한 적은 없었다. 그래서 내가 알아서 한다고 해도 딴지를 걸지 않는 거다. 그런데 생각을 해보니 더 좋은 생각이 떠올랐다. 그래서 고진태 단장을 찾아갔다.

"단장님, 저 왔습니다."

"연락도 없이 어쩐 일이야?"

　하긴. 듣고 보니 우리가 연락도 없이 막 찾아올 그런 막역한 사이는 아니다.

　사적인 만남은 자제해 왔으니까.

"드릴 말씀이 있어서 왔습니다."

"우선 앉게. 차는 뭐로 줄까?"

"그냥 커피로 주세요."

　비서에게 말하니 후딱 커피를 내왔다.

"마셔봐. 원두가 좋아서 그런지 맛이 괜찮아."

"네."

　커피를 즐기는 타입은 아닌데 마셔보니 다른 커피보다

는 맛이 괜찮았다.

"갑자기 이리 온 걸 보면 단순한 일은 아닌 것 같은데 무슨 일인지 말해보게."

"일본 해상보안청 순시선이 독도에 기웃거린다고 해서요."

"하하하! 갑자기 그게 신경 쓰인 이유는?"

"전에 일도 있고 해서 더 이상 까불지 못하게 해줘야 할 것 같아서요."

"어떻게 말인가?"

"당장 전쟁을 치를 건 아니니까 아쉬운 대로 힘의 차이 정도는 알게 해줘야죠."

내가 이리 말할 수 있는 이유는 아테나급 구축함이 해군에 인도되었기 때문이다.

그런데 내 말에 고진태 단장이 고개를 갸웃거린다.

한국말은 '아' 다르고 '어' 다르다고 하는데 조금 전 내가 한 말 중에 뭔가 다른 뉘앙스를 찾아낸 듯했다.

"힘의 차이?"

"네. 남벌하기 전까진 그렇게라도 해야 할 것 같아서요."

"남벌이라… 그럼 언젠가는 전쟁을 한다는 말이잖나. 설마… 자네 거기까지 염두에 두고 있었던가?"

"앞일은 모르는 거니까요."

"…으음. 그렇다 치고 뭘 어쩌잔 말인가?"

"남들 하는 거처럼 방위사업단에서 추진 중인 일들을 정식으로 발표하자는 말입니다."

"그거야 우리가 원하던 일이었는데 자네가 반대했었잖아."

"그랬는데 이제는 좀 달라져 보려고 합니다. 이래저래 우회적으로 경고했는데도 저리 까부는 걸 보니 이젠 대외적으로 공표해서 자기들 위치를 정확하게 깨닫게 해줬으면 합니다."

내가 원하는 바를 솔직하게 말했다.

고진태 단장은 내심 바라고 있었는지 내가 말을 꺼내자마자 환한 웃음을 지으면서 반가워했다.

"나야 반가운 일이긴 한데 정말 그래도 되겠나?"

"물론입니다."

"하하하! 자네 결심 덕분에 한동안 시끌벅적하겠군."

"우선 솔개부터 발표하시죠."

내가 솔개부터 발표하자니 소파에 등을 묻고 있던 고진태 장군이 갑자기 등을 곧추세웠다. 평소 반대하던 일을 내가 먼저 하자고 덤비니 반가운 모양이다.

"당연히 그리해야지. 그리고 아테나급 구축함 제원에 대해서 속 시원하게 발표해도 되겠지?"

"네."

고진태 단장을 만난 이후 국방부 대변인은 아테나급 구

축함이 어떤 제원을 지녔는지 시원하게 발표했다. 그리고 6세대 전투기 솔개가 개발된 이후 이미 양산에 들어갔다고 연타석 홈런을 날렸다.

아테나급 구축함과 솔개에 적용된 첨단 무기가 소개되자, 전 세계 언론들이 벌떼처럼 모여들었다.

우리는
열도 침몰을
원한다

호사다마

예견된 일이긴 했으나 한국에 대형 뉴스가 터지기 시작
했다.

북한과 종전 협상을 벌이더니 경제특구 사업이 추진된
다고 발표되었고, 드디어 첫 삽을 뜨는 기공식이 시작되
었다. 남포에는 제철소와 자동차 공장이 나진에는 조선
소 건설될 예정이고, 휴전선에서 가장 가까운 개성에는
의료 제약 단지 조성이 시작되었다.

경제특구 사업을 위해 국내 유수의 대기업들이 참여했
다. 가장 많은 자금을 투입한 기업은 역시 WT그룹이었
다. 내가 살짝 빠지면서 오세희 회장이 이름을 올렸고,

WT그룹과 관련된 모든 발표에는 오세희 회장의 이름이
올라가 있었다.

경제특구 사업 추진으로 연일 시끄러운 가운데 방위사
업단이 믿기 힘든 발표로 주변국을 놀라게 했다.

"레일건을 탑재했다는 것도 놀랄 일인데 근접 방어를
위해 레이저 무기를 장착했다는 걸 믿으란 거야?"

작년에 총리가 된 모리 총리는 얼굴에 비웃음이 가득했
다. 한국 방위사업단이 발표한 내용을 믿을 수 없다는 것
이었다. 발표된 내용을 보면 직접 보기 전에는 믿을 수
없는 내용이 가득하긴 했다.

"저도 그렇게 생각합니다만 미국에서 아테나급 구축함
한 척을 구입했다는 것이 마음에 걸립니다."

"뭔가 있기는 할 거야. 하지만 미국도 개발에 난항을
겪고 있다는 레일건을 탑재했을 리가 없잖아. 십분 양보
해서 레일건은 그렇다고 치자고. 큭큭, 레이저 무기라니
그게 말이 되냔 말이야. 안 그래?"

모리 총리는 사실이 어떻든 간에 한국에 그런 구축함이
있다는 것을 믿고 싶어 하지 않았다.

"그렇습니다. 각하."

관방장관은 사실 여부를 떠나서 분개하는 총리 기분을
맞춰 줄 수밖에 없었다.

"안 되겠어. 이럴 게 아니라 내가 직접 확인해봐야겠
어."

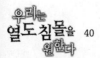

"어떻게 말입니까?"

"어떻게 하긴. 포트먼 장관에게 직접 전화해보면 되지."

"네?"

"왜? 내가 못 할 거 같은가?"

"그게 아니라 포트먼 장관은 친한파라 알려져 있는데 괜찮을까 해서 그런 겁니다."

"아무리 친한파라도 우방국 총리가 확인 차 전화를 했는데 거짓말은 하지 않을 거야."

오카다 관방장관은 에둘러 말리려고 했지만, 모리 총리는 아랑곳하지 않더니 기어이 전화를 걸었다.

―총리님께서 갑자기 어쩐 일이십니까?

"한 가지 여쭤볼 것이 있어서 전화 드렸습니다."

―무엇인데 그러십니까?

"최근 한국 방위사업단이란 곳에서 아테나급 구축함에 대한 자료를 발표했는데 그게 사실인지 확인하고 싶어서 전화 드렸습니다."

―방위사업단이라면 저도 잘 아는 분들인데 거짓은 아닐 겁니다.

"모두… 사실이란 겁니까?"

―그렇습니다. 제가 아는 한 사실입니다. 이미 아시겠지만, 그 발표가 거짓이라면 우리 해군이 거액을 들여 구축함을 구입하는 일은 없었을 겁니다.

포트먼 장관은 더 이상 비밀도 아니라서 사실대로 말해 주었다. 그리고 사실이라고 확인해주는 속내에는 제발 엉뚱한 짓 좀 하지 말라는 바람도 담겨 있었다.

"그, 그렇군요."

—이 정도면 대답이 됐습니까?

"그렇습니다. 또 연락드리죠."

—네. 그럼.

* * *

한국에 굵직한 뉴스들이 언론을 장식하고 있을 때, 나는 일본을 주시하고 있었다. 그러나 호사다마라고 하더니 뉴욕에서 엉뚱한 사고가 터졌다.

브루클린 6번 부두에 위치한 물류 창고를 관리하는 로버트 패트릭은 자기 직장에 만족하고 있었으나 호기심이 지나치다는 것이 문제였다.

"오늘이랬나?"

창고를 가득 채운 금속이 무엇인지 궁금해서 한 덩어리를 훔쳤던 것이 보름 전이다. 지인을 통해 가까운 대학에 분석을 맡겼는데 그 결과가 나오는 날이 오늘이었다. 하루 종일 전화 연락을 기다리는데 퇴근 시간 즈음해서 마침내 전화가 왔다.

—맡기신 금속 어디서 난 겁니까?

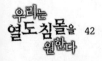

"공짜로 맡긴 것도 아닌데 결과나 말해 주지 그래요."

―그게 아니라 신기해서 그럽니다. 이게 지구상에 존재하지 않는 금속으로 나오던데 운석 같아서 하는 말입니다.

"운석이라구요?"

―네. 그것도 연구할 가치가 많은 금속입니다. 어디서 주웠는지라도 알려주시면 안 되겠습니까?

뚝!

패트릭은 놀라기도 하고 당황해서 전화를 끊어 버렸다.

'저렇게나 많은데 이게 다 운석이라고?'

말이 안 되는 거였다.

따르르릉!

다시 전화가 왔지만 받지 않았다.

'가만! 연구할 가치가 크다는 것은 돈이 된다는 거잖아.'

창고를 관리하는 일은 지루하지만 안정된 일이었다. 잘리는 일도 없고 때 되면 급여도 올려주는 등 복지도 나쁘지 않았다. 그래서 만족하고 다녔는데 창고에 산더미처럼 쌓여 있는 것이 연구할 가치가 높은 금속이라고 하니 갑자기 욕심이 생기기 시작했다.

'분명한 것은 운석이 아니라는 거야.'

창고를 가득 채운 금속이 운석일 리가 없다는 것은 상

식에 가까운 것이다. 그런데 지구상에 존재하지 않는 금속이란다. 금속에 대한 상식이 부족한 패트릭으로선 이것을 어떻게 해석해야 할지 난감했다.

'아! 그 친구 아들이 로키드 소재 개발팀에 있다고 했었지?'

패트릭은 친구 아들이 로키드 소재 개발팀에 있다는 것을 기억해내고 연락처를 수소문했다.

"산체스. 나야. 패트릭 아저씨! 기억하겠니?"

—물론이에요. 아저씨! 아버지께 전화 올 거라는 얘기는 들었는데 어쩐 일이세요?

"아저씨가 운석 하나를 주웠는데 이게 가치가 있는지 좀 알아보고 싶어서 말이다. 어떻게 하면 좋을까?"

—….으음, 그럼 저한테 보내주실래요?

"그래도 될까?"

—물론이죠. 아저씨 일인데 도와드려야죠.

"고맙구나. 근데 말이다. 이 운석이 연구할 가치가 있는 금속이면 얼마나 가치가 있을까?"

—글쎄요. 단정 짓기는 어려워요, 하지만 연구할 가치가 있다고 판정되면 소정의 보상비 정도는 받으실 수 있을 거예요.

패트릭은 이 정보가 돈이 된다고 생각했다. 그래서 다시 한 덩어리를 훔쳐서 산체스에게 보냈다. 그러고 나서 다시 보름 정도가 지났는데, 메릴랜드에 있어야 할 산체

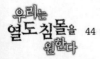

스가 갑자기 브루클린에 나타났다.

"산체스, 설마 그 금속 때문에 여기까지 온 거니?"

"네. 아저씨. 그 운석 어디서 난 거예요?"

"가치가 있기는 한 모양이지?"

"그럼요. 지구상에 존재하지 않는 금속인데 여러 가지
특성이 꽤 특이해서 연구 가치가 꽤 높아요. 그래서 말인
데 어디서 발견했는지 말씀해 주실 수 없을까요?"

"글쎄다."

"참, 보상비는 드릴게요."

"크흠! 그게 말이다. 얼마나 받을 수 있을까?"

패트릭은 친구 아들에게 보이기 싫었지만 이미 늦었
다. 그리고 산체스 역시 패트릭이 뭘 원하는지 알고 있었
다.

"10kg 정도만 확보할 수 있다면 10만 달러까지는 드릴
수 있을 거예요."

"시…십만 달러?"

"왜요? 적으세요?"

"그, 그게 아니라 놀라서 그런다."

아만티움이 세대를 뛰어넘는 아트래핀 반도체를 만들
수 있는 원재료이고, 군수 분야에 특이점을 가져다줄 수
있는 금속이란 걸 알게 된다면 두 사람 다 입에 거품을
물고 나자빠질지도 모르겠다.

"요 근래에 뉴욕에 운석이 떨어졌다는 뉴스는 없던데

어디서 난 거예요?"

"…으음, 이렇게 하자."

"어떻게요?"

"내가 그 금속에 대한 정보를 줄 테니까 현금으로 100만 달러를 받았으면 한다."

"네?"

10만 달러도 충분하다고 생각했는데 느닷없이 100만 달러를 달라고 하니 놀랄 수밖에 없었다.

"내가 원하는 건 현금으로 100만 달러다."

"남들이 모르는 정보라도 가지고 계신 거예요?"

"네 말을 들어보니 100만 달러 가치는 충분할 거 같구나. 참고로 10kg 정도는 구할 수 있을 것 같다."

"기다려 보세요."

산체스는 혼자 결정할 수 없는 문제라 화장실로 가서 팀장에게 전화를 걸었다.

―뭐? 100만 달러?

"네. 뭐가 있기는 한 거 같은데 어떻게 할까요?"

―난감하군. 연구 가치는 충분한데 그게 100만 달러 가치가 있는지는 모르겠어.

"말하는 거로 봐서는 출처가 따로 있는 것 같습니다."

―100만 달러를 주기엔 정보가 너무 부족해.

"하지만 충분한 양을 확보할 수만 있다면 그만한 가치는 있지 않을까요?"

—그거야 그렇지만······.

팀장도 뭐라고 확답을 주기 애매했다.

100만 달러 가치가 있다고 판정하기엔 더 많은 연구가 필요한 일이었다. 그러나 100만 달러가 아깝다고 접어버리기에도 아쉬운 부분이 있었다.

"그럼 50만 달러 정도로 합의해보면 어떨까요?"

—그 정도면 내 선에서 해결할 수 있을 것 같기는 한데 뭐가 더 있는지 더 알아보고 전화해.

"알겠습니다."

산체스는 산체스대로 기회라고 생각해서 패트릭에게 100만 달러를 주기엔 정보가 부족하다고 말했다.

"아저씨, 100만 달러는 내놓기엔 아무래도 정보가 너무 부실하다는 팀장 의견이에요. 뭐 더 없을까요?"

"그렇다면 말이다. 이 금속이 운석이 아니라 어딘가에서 채굴되는 거라면 100만 달러를 받을 수 있겠냐?"

"운석이 아니라 채굴되는 금속이라구요?"

"그래. 그 위치까지 알고 있다면 어쩔 테냐?"

"잠시만요."

산체스는 화장실로 가서 다시 팀장에게 전화를 걸었다. 그랬더니 당장 뉴욕으로 날아오겠다면서 기다리란다.

하루 뒤 로키드 소재 개발팀 모리츠 팀장이 산체스와

합류했고, 함께 패트릭을 만났다.

"로빈 모리츠입니다."

"이렇게 직접 오실 줄은 몰랐는데 이 금속이 중요하긴 한 모양이죠?"

"아직 뭐라고 말씀드리기 애매하지만 연구할 가치는 충분한 금속입니다. 그래서 말인데 이 금속에 대한 정보가 더 있습니까?"

"이렇게 하시죠."

"어떻게 말입니까?"

"현금 100만 달러에 이 금속 10kg과 출처를 알려드리겠습니다."

"50만 달러로 하시죠."

"90만 달러."

"60만 달러."

"마지막입니다. 80만 달러. 거절하면 포잉에 알아보겠습니다."

거절하면 로키드 경쟁사와 협상하겠다는 거다.

효과가 있었는지 모리츠 팀장은 80만 달러에 합의했다.

모리츠 팀장이 80만 달러에 합의한 이유는 몇 가지 테스트 결과 때문이었다. 시간이 모자라고 샘플이 부족해서 제한된 테스트만 했는데, 놀랍게도 전기전도도와 내식성 내열성 등이 최고 수준으로 우수했다.

다음 날 현금 80만 달러를 가지고 다시 만난 그들은 패트릭에게 놀라운 얘기를 들었다.

"80만 달러를 받으셨으니 이제 말씀해 보시죠."

"하하하! 내게 이런 행운이 오다니……."

"아저씨?"

"그래. 산체스! 돈도 받았으니 말해야겠지. 우선 그들은 이 금속을 아만티움으로 부르더구나."

"아만티움이요?"

"그래. 내가 브루클린 6번 부두에 있는 창고를 지키는 일을 하고 있는데 그 창고에 이 금속이 가득하다면 믿을 수 있겠냐?"

10kg에 80만 달러를 받을 수 있는 금속이 창고에 가득하다면 누가 놀라지 않을까?

패트릭은 아무도 몰래 아만티움을 훔쳐냈는데 31kg를 빼내서 그중 10kg을 모리츠 팀장에게 건네고 80만 달러를 받았다. 이들과 헤어지면 남은 아만티움을 가지고 포잉을 찾아가 볼 생각을 하고 있었다.

"정말입니까?"

"내가 이래봬도 80만 달러나 받고 거짓말할 사람은 아닙니다."

"그 창고가 어딥니까?"

"6번 부두에 있는 타이거 하우스란 물류 창고입니다. 본사가 타이거 홀딩스라는 투자회사죠."

"타이거 홀딩스?"

"맞아요. 거긴 투자 회산데 여러 기업을 가지고 있다고 들었으니 조사해보면 나보단 더 많이 알아낼 수 있을 거요."

"어디서 채굴하는지는 아십니까?"

"거기가 어딘지는 나도 모르는데 다만 북극에 있는 스피츠베르겐에서 화물이 온다는 건 알아요."

다른 곳에서 오는 화물은 없으니 바보가 아니라면 스피츠베르겐에서 채굴된다는 것을 유추해낼 수 있는 거였다.

"스피츠베르겐이라면 스발바르 제도가 있는 거기를 말하는 겁니까?"

"그건 나도 모르겠으니까 조사해보세요. 그리고 내가 아는 건 그게 전부니까. 난 이만 가보겠습니다."

모리츠는 아직 충격 속에서 벗어나지 못하고 있었다. 아만티움이란 이름을 처음 들었는데 자신이 해본 몇 가지 테스트 중 전기전도도만 해도 알려진 금속 중에 가장 좋다는 은보다도 훨씬 뛰어났다. 귀금속이나 가지고 있는 내식성(녹슬지 않는 성질)에 내열성(열에 견디는 성질)을 가진 금속이다. 하나의 금속이 이런 특성을 보인다는 건 응용 분야가 무궁무진하다는 것을 의미했다. 더구나 채굴되는 양이 충분하다면 이건 새로운 패러다임이 될 수 있는 획기적인 사건이라 해도 과언이 아니었다.

패트릭이 자리를 떠나고 둘만 남은 자리.

"맙소사! 화합물도 아니고 새로운 금속이 나타나다니. 이게 말이 돼?"

"전 아직도 뭐가 뭔지 모르겠습니다."

"그러게 말이야. 창고를 가득 채울 정도라면 어디선가 채굴하는 것이 분명한데 지금까지 알려지지 않은 금속을 가공하는 기업이라니……."

"이럴 게 아니라 우선 호텔로 가시죠."

"호텔?"

"호텔은 인터넷이 되니까 뭐라도 알아볼 수 있을 겁니다."

"아! 그렇지. 그럼 어서 가자고."

호텔에 복귀한 두 사람은 타이거 홀딩스에 대해 알아보다가 놀라운 사실을 알아냈다.

"오! 지저스!!!"

"갑자기 왜 그래?"

"팀장님!"

산체스 목소리에 놀라움이 가득했다.

"왜? 그렇게 놀라는 건데? 뭐 엄청난 거라도 뭐라도 발견했어?"

"이…이거요."

산체스가 노트북을 틀어서 모리츠 팀장이 보기 좋게 해

주었다.

"응?"

모리츠 팀장은 산체스가 보여주는 노트북 화면을 보고 깜짝 놀랐다. 미국에서 가장 뜨거운 뉴스를 뿌려대는 기업 이름을 거기서 발견했기 때문이다.

"팀장님! 여기, 거기 맞죠?"

"맞아. 아테나급 구축함을 건조해 낸 그 한국 기업이야."

"이게 뭘 말하는 거죠?"

"글쎄… 뭘까…….."

"혹시 말입니다."

"혹시 뭐?"

"타이거 디펜스(WT 디펜스를 편하게 부르는 호칭)가 아테나급 구축함을 만들어 낼 수 있었던 것이 아만티움 때문이 아니었을까요?"

"그럴지도 모르지."

두 사람은 그렇게 퍼즐을 맞췄다.

아무튼 그들은 자신들만 알아서는 안 되는 문제라 생각해 서둘러 메릴랜드로 복귀했다. 그리고 최대한 속도를 올려서 보고서를 작성했다.

그 보고서에는 아만티움을 연구하는 새로운 부서와 연구 인력이 필요하다는 내용도 포함돼 있었다.

보고서를 올린 지 하루가 채 지나기도 전에 모리츠 팀

 52

장은 루카스 사장에게 불려갔다.

"이 보고서는 잘 봤네."

"아, 네."

루카스 사장 손에는 20페이지 정도 되는 보고서가 들려 있었다.

"그런데 믿을 수 없는 내용이라 자네를 보자고 했네."

"물론 그러셨을 겁니다. 저도 아만티움이란 금속을 테스트해보기 전에는 그랬으니까요."

"그러니까 이 결과 값이 모두 사실이다. 이건가?"

"틀림없는 사실입니다. 사장님."

"좋아. 사실이라고 치자고. 그런데 이 금속 때문에 아테나급 구축함이 탄생했다는 것은 지나친 억측 아닌가?"

"그 부분에선 추론이긴 합니다. 그러나 발견되지 않았던 새로운 금속이 나타났습니다. 그것도 엄청난 가능성을 지닌 금속이 말입니다. 아테나급 구축함이 아니라 더한 것도 개발 가능하리라 봅니다."

모리츠는 아만티움으로 인해 아테나급 구축함이 탄생했다고 장담하기는 어렵다고 말했으나 가능성만큼은 무궁무진하다고 주장했다.

그것도 아주 강하고 자신감 있게 말이다.

"그러니까 최근 강백호 대표가 속한 WT에서 개발되는 모든 것들이 아만티움이란 신(新) 금속에 기인한 거란 말이지?"

"그럴 가능성이 농후합니다."

"재밌는 추론이군."

똑똑!

순간 노크 소리가 들리더니 루카스 사장이 수족처럼 부리는 비서실장이 들어왔다.

"알아봤어?"

"네. 사장님. 스피츠베르겐에 아틀란 시티란 신도시가 건설되었고, 거기에 강백호 대표 막내 동생이 거주 중인 것으로 확인됐습니다."

"흠……."

"뿐만 아니라 WT그룹의 계열사로 볼 수 있는 여러 기업들이 설립되었고, 지금도 꾸준히 인구가 늘어나는 중이라고 하더군요."

"거기가 WT그룹이 소유한 자치령이 맞고?"

"네. 사장님. 노르웨이 정부와 계약된 것이 확실합니다."

"알았어. 나가봐."

모리츠 팀장이 올린 보고서를 기반으로 긴급하게 조사를 지시했다. 그리고 스피츠베르겐이 자치령이고 강백호 대표와 무관하지 않다는 것을 알아낸 것이다. 정황상 모리츠가 올린 보고서가 터무니없지 않다는 것이 증명된 것이다.

"모리츠 팀장."

"네. 사장님."

"노르웨이 정부가 그곳에서 아만티움이란 신 금속이 발견됐다는 것을 알까?"

"모를 가능성이 크다고 봅니다. 그것을 알았다면 자치령으로 내주지 않았을 겁니다."

"…으음. 내 생각도 그렇군."

루카스 사장이 말을 이었다.

"좋아. 예산 확보해주지. 자네가 할 수 있는 모든 것을 하게."

"감사합니다. 사장님!"

루카스 사장은 스피츠베르겐으로 스파이를 잠입시켰다.

좀 더 확실한 증거가 있어서 백악관에 줄을 대던, 노르웨이 정부를 흔들어서 스피츠베르겐을 차지하던 뭔가를 할 수 있기 때문이다.

아틀란 시티는 거의 매일 새로운 사람이 들어오고 있어서 누군가 새로운 사람이 나타나도 전혀 의심받지 않았다. 덕분에 루카스 사장이 보낸 스파이는 아틀란 시티에 쉽게 잠입할 수 있었고, 취직도 어렵지 않았다.

* * *

패트릭은 80만 달러가 수중에 들어오자 돈에 취했다.

'흐흐흐! 이게 끝이 아니야.'

아직 수중에는 20kg이나 남아 있었다.

로키드 경쟁사인 포잉에 그것을 판매한다면 최소한 80만 달러는 더 확보할 수 있을 거란 꿈에 부풀었다. 그렇다고 당장 사표 내는 멍청한 짓은 하지 않았다.

'그래. 그렇게 하면 완전 범죄가 되는 거야.'

패트릭은 그만둘 때 그만두더라도 의심받아선 안 된다고 생각했다. 그래서 자신이 뜯어 놓은 봉인을 자신이 발견한 것처럼 본사에 신고했다.

"어? 이거 왜 이러지?"

"왜 그래?"

"러셀. 이거 봐. 봉인이 뜯겨 있어."

같이 순찰하던 동료에게 자신이 발견한 것을 보게 했다. 봉인이 뜯지 않고는 안을 볼 수 없는 구조로 설계된 금속 상자라 사정을 잘 모르는 사람이라면 금속 상자 안에 뭐가 들어 있는지 알 수 없었다.

"어? 정말이네?"

"누가 침입한 건가?"

"설마! 저렇게 철통같이 지키고 있는데 누가 들어오겠어."

"그럼 우리 창고 관리자 중 한 명이란 소린데 어쩌지?"

"어쩌긴. 일단 신고해야지."

"한동안 피곤해지겠군."

러셀은 당연히 신고해야 한다고 주장했다. 만약 러셀이 모른 척 넘어가자고 했다면 패트릭은 러셀이 의심스럽다고 신고했을 것이다.

러셀과 패트릭이 창고 순찰 중에 봉인이 뜯긴 상자를 발견했다고 보고하자 당장 그룹 감사팀이 출동했다.

감사팀은 철저하게 조사했다.

창고 관리자들 계좌를 조사했고, 갑자기 그만둔 사람이 있는지 차를 사거나 집을 산다거나 한 사람이 있는지부터 조사했다. 그러나 감사팀은 1차 조사에서는 아무것도 발견할 수 없었다.

아만티움이 도난당한 일은 심각한 일이다.

1차 조사에서 아무것도 알아내지 못하자 미국 사업을 책임진 해밀턴 회장에게까지 보고되었고, 결국엔 내게도 알려졌다.

"오랜만에 뵙는데 이런 일이라 죄송합니다."

"그러게 말입니다. 그런데 사라진 양이 얼마나 되죠?"

"31kg입니다."

"많은 양은 아니어도 아만티움이 나타났다는 것을 숨기긴 어렵게 됐군요."

도난당한 양이 문제가 아니다. 여기서 핵심은 아만티움에 대한 정보를 꽁꽁 숨기고 있었는데 더 이상은 어렵게 됐다는 거다.

"누가 이런 짓을 했을까요?"

"경비에 이상한 점은 없었습니까?"

"네. 경비는 철저했습니다."

"내부 소행이군요."

"저희도 그렇게 보고 있는데 1차 감사에서는 특이점을 발견하지 못했습니다."

"여기서부터는 제가 맡죠."

"어쩌시려고?"

"창고 관리인이 모두 몇 명이죠?"

"교대 근무자 모두 포함해서 24명입니다."

많다면 많고 적다면 적은 숫자다.

감사팀이 다루기엔 많아도 수리에게 맡겨두면 그리 많은 숫자도 아니란 뜻이다.

그룹 감사팀이 공권력은 아니라서 압수 수색이나 개인 정보를 추적하지는 않았지만, 나는 다르다. 관리인들 집에 스파이더 드론을 살포하고 개인 핸드폰을 추적했으며, 가족과 가까이 지내는 친척이나 친구까지 모두 계좌 이동 내역을 추적했다.

그런데도 걸리는 것이 없었다. 범인이 누군지 모르겠으나 완벽에 가까울 정도로 자신을 통제하고 있다는 뜻이다.

그래서 혹시나 하는 생각에 아틀란 시티에 있는 현무에게 연락해서 브루클린 창고에 있었던 일을 공유했다. 그러나 범인의 행방이 묘연한 가운데 자칫하면 미궁에 빠질 위기에 빠졌다.

미궁에 빠질 뻔한 사건에 실마리가 잡힌 것은 아만티움을 훔쳐 간 창고 관리인 패트릭이 아니라 포잉 때문이었다.

로키드에 잠입해 있던 포잉의 산업스파이는 자신의 역할에 충실 하느라 로키드에서 벌어지는 일을 정리해서 보고했다.

그 보고서에 아만티움에 대한 정보가 들어 있었던 것이다.

당연히 극비로 다루어져야 할 정보가 어떻게 흘러나갔을까? 하는 의문이 들지만 포잉이 심어둔 스파이가 꽤 고위직이라면 가능한 일이다.

패트릭은 조금만 더 버티면 된다고 생각했다.

'역시 돈을 현금으로 받은 건 잘한 일이었어.'

속으로 자신을 조사했던 그룹 감사팀을 비웃었다. 그렇게 완전 범죄를 저질렀다고 생각하고 있는데 정체를 알 수 없는 누군가가 나타났다. 하루 일을 마치고 퇴근하는 길에 늘 들르는 식당 익숙한 자리에 앉았다.

"어서 와요. 오늘도 그거로?"

"물론이야. 잭."

오래전에 이혼하고 혼자 사는 패트릭은 특별한 일만 아

니라면 하루 세끼를 모두 잭의 식당에서 해결할 정도로
단골이었다.

"로버트 패트릭 씨?"

"누구?"

빈 옆자리에 누군가 앉더니 대뜸 자기 이름을 부른다.

"전 이런 사람입니다."

그는 자신을 소개하기보다는 명함 한 장을 내밀었다.

"포잉?"

명함을 보는 순간 심장에서 덜컹하는 소리가 나는 듯하
는 착각을 일으켰다. 창고 일로 누군가 자신을 감시하고
있을지도 모르는데 갑자기 낯선 사람이 나타났으니 이
건 누가 봐도 의심할 만한 상황이었다.

'젠장! 하필 이런 때에 포잉이라니?'

상황에 따라선 두 팔 벌려 크게 환영할 일이었는데 지
금은 아니었다. 완벽함을 위해 80만 달러를 숨겨놓고 꾹
꾹 참고 있는데 빌어먹을 포잉이 나타난 거다.

"잠깐 얘기 좀 할까요?"

"뭔지 모르겠지만 지금은 시기가 좋지 않소."

"조용한 곳으로 가는 건 어떨까요?"

패트릭은 누가 볼까 봐 옆으로 고개도 돌리지 않았다.

"무슨 일인지 모르겠지만 나중에 봅시다."

"저도 눈치는 있습니다. 이따 늦은 밤에 집으로 가죠."

끄응.

"그, 그럽시다."

분명 뭔가 알고 왔다는 생각에 오지 말라는 소리를 할 수가 없었다. 이런 경우 무턱대고 거절했다간 숨겨진 사실을 폭로하겠다고 협박당할 수 있어서다.

패트릭은 두 손 모아 빌었다. 아무도 자신을 의심하지 않았으면 하는 마음에서다.

거리에 아무도 다니지 않는 것이 더 어울리는 늦은 밤 패트릭이 사는 집에 불청객이 나타났다.

"미행은 없었소?"

"물론입니다."

"일단 저기 앉으시오."

"그러죠."

그가 푹신한 소파에 앉자 패트릭은 차를 준비하는 것처럼 하다가 부엌 서랍에서 권총을 꺼내 들었다.

"당신 정체가 뭐야?"

"그거 사용할 거 아니라면 넣어 두시죠. 전 그저 대화하러 왔을 뿐입니다. 아만티움이란 금속에 대해서 말입니다."

"그건 어디서 들었지?"

"그게 중요한 건 아니잖습니까? 포잉 정도면 로키드에서 일어난 일들을 거의 모두 알고 있다고 봐야 하지 않을까요?"

"부인하진 않겠소. 하지만 지금은 때가 좋지 않소."

패트릭은 아만티움이란 말이 나오자 오히려 안심했다. 그가 온 목적이 뚜렷해서다.

"감사받고 있다는 건 압니다만 패트릭 씨는 혐의가 없다고 판명 났잖습니까."

"그래도 조심해야 할 때요."

"100만 달러 드리죠. 아만티움 10kg이면 됩니다."

"아만티움을 숨겨둔 장소에 가려면 감사팀에서 날 미행할지도 모르는 일이라 지금은 곤란하오."

"언제면 되겠습니까?"

"자연스럽게 접근할 핑계를 만들어야 하니 조금만 기다리시오. 아! 그리고 100만 달러는 추적이 불가능한 현금으로 준비해주시오."

패트릭은 돈 욕심에 거절할 수가 없었다. 그리고 거절했다간 어떤 후폭풍에 시달릴지 모르기에 어금니 꽉 깨물고 거래하기로 결심했다.

* * *

—로버트 패트릭 씨 집에 수상한 사람이 나타났습니다.

역시나 관리인들을 몰래 감시하고 있는 스파이더 드론에 패트릭과 포잉에서 보낸 남자의 대화가 감지되었다.

거기서 아만티움이란 말이 나오지 않았다면 그냥 넘어갔을지도 모른다. 그러나 아만티움을 거래하는 조건으로 100만 달러를 주겠다는 남자의 발언이 모든 스파이더 드론을 컨트롤하던 인공지능 수리에게 걸려들었다.

"누구지?"

—누군지는 모르겠으나 포잉에서 보낸 사람입니다.

"포잉?"

—네. 대화 내용으로 봐서는 패트릭이 로키드에 먼저 아만티움을 넘겼고, 포잉이 그걸 알아차리고 패트릭 씨에게 접근한 듯합니다.

"결국, 내부 소행으로 시작된 일이었군."

로키드와 포잉이 아만티움에 대해 알게 됐다면 이제 와 패트릭 씨를 처벌해 봐야 별 의미가 없었다. 그렇다고 그냥 넘어가진 않겠지만 말이다.

—그렇습니다.

"로키드는 아만티움에 대해 얼마나 알고 있지?"

—해킹해 볼까요?

사건이 일어난 이후 시기적으로 봤을 때 물성 테스트를 진행했을 정도로 봐야 한다. 그래서 굳이 해킹까지 할 필요는 없다고 생각했다.

그러나 내가 허락하지도 않았는데 아만티움에 대해서 연구하는 것은 묵과할 수 없는 일이다.

"솔직히 고민이야. 당장 그들이 할 수 있는 일은 없잖아."

로키드가 보유한 기술은 딱히 욕심낼 이유가 없다. 산업스파이를 보낸 것도 아니고 창고 관리인이 사고를 친 거라 그들을 응징하는 것도 명분이 부족했다.

─그럼 정식으로 경고하는 건 어떻겠습니까?

"바로잡을 기회를 주자는 건가?"

─네. 백호님.

수리가 자기 의견을 냈다.

패트릭을 체포하고 증거를 확보한 다음 로키드에 정식으로 경고를 보내자는 거다. 패트릭에게 구해간 아만티움을 반납하기만 해도 그냥 넘어가 줄 수는 있었다.

"좋아. 그렇게 할게."

수리 의견을 받아들여서 자체적으로 패트릭을 체포하고 모리츠 팀장에게 연락해서 아만티움을 반납해 달라고 제안했다.

* * *

"모리츠 팀장, 한창 바빠야 할 시간인데 어쩐 일이야?"

"그게… 일이 좀 생겼습니다."

"뜸 들이지 말고 빨리 말해."

"그러니까 아만티움을 넘긴 패트릭이 들통 난 모양입니다. 불법 거래한 아만티움을 돌려달라는 연락이 왔습니다."

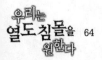

"멍청한 놈 같으니……."

"어떻게 할까요?"

"자넨 가서 할 일이나 해. 나머진 내가 알아서 하지."

"알겠습니다."

모리츠 팀장을 내보내고 한 시간쯤 고민하고 있는데, WT 해밀튼 회장으로부터 전화가 왔다.

아만티움을 돌려달라고 정식으로 요청하기 위해서다.

―이렇게 연락하게 돼서 유감입니다.

"무슨 일이십니까?"

―다 아시면서 왜 이러십니까?

"글쎄요."

―아만티움 돌려주시죠. 그럼 문제 삼지 않겠습니다.

"하하하! 무슨 말씀하시는지 모르겠는데 자꾸 이러시면 곤란하지 않겠습니까?"

―모리츠 팀장에게 아만티움을 건넨 로버트 패트릭이 이미 자백했습니다. 이 사건을 FBI에게 넘기면 어떻게 될까요?

"아, 글쎄 난 모르는 일이라니까 그러네요. 모리츠 팀장이라고 했나요? 일단 조사는 해보겠습니다."

루카스 사장은 자기는 모르는 일이라고 반박했다.

루카스 사장이 이러는 이유는 로키드에서 일으킨 사고가 아니어서다.

패트릭이 알아서 빼내 온 것을 일개 팀장이 거래했을

뿐이다. 상황에 따라서 언제든 수습이 가능하다고 생각해서 버티는 거였다. 그리고 모리츠 팀장이 작성한 아만티움에 대한 보고서 때문에 욕심을 내고 있었다.

'니들 때문에 F—22 사업이 전면 보류됐어.'

루카스 사장이 버티는 이유는 바로 이거다.

아만티움이 욕심나기도 하지만 WT 때문에 F—22 사업이 망가질 위기라 억울하고 분해서 이대로 넘어갈 수가 없었다.

또 다른 전쟁

　루카스 사장은 바쁘게 움직였다.

　해밀튼 회장이 FBI에 고발하기 전에 정치권에 손을 대기 위해서다. 그리고 누군가를 만났는데 그 상대는 바로 포트먼 장관이었다.

　"오랜만이군요."

　"그러게 말입니다. 장관이 되신 후로 두 번째니까 그간 격조했습니다."

　"그런데 무슨 일이십니까?"

　"그게 말입니다. 제가 도움을 요청할 일이 좀 있어서요."

"도움이라면 어떤?"

"그게 그러니까 제가 얼마 전에 말입니다. 새로운 금속이 발견됐다는 보고를 받았습니다."

"새로운 금속이요?"

포트먼 장관은 루카스 사장이 만나자고 하길래 청탁이나 하려는 줄 알았다. 그런데 새로운 금속이 발견됐단다.

'이 사람 뭐지?'

호기심이 동했다.

"네. 아만티움이라 불리는 금속인데 1차 테스트 결과 전기전도도뿐만 아니라 내식성, 내열성, 내화학성 등이 과히 최고 수준으로 판명 났습니다."

"그런 금속이 발견됐다는 겁니까?"

세계에서 가장 강력한 패권 국가인 미국 국무부 장관으로서 관심을 가질 만한 내용이다.

아니 반드시 알아야 할 내용이다.

"그렇습니다."

"그 금속 이름이 아만티움이라고 했습니까?"

"네. 장관님."

"어디서 발견됐습니까?"

"노르웨이령 스발바르 제도 스피츠베르겐 섬 아틀란 시티입니다."

"응? 아틀란 시티라면 WT그룹의 자치령으로 알고 있

는데 그곳을 말하는 겁니까?"

"그렇습니다. 제가 알아낸 바로는 그 WT그룹이 아만 티움이란 금속을 발견했고, 그 금속으로 저만큼 기술 발전을 이룩해낸 것이 아닌가 하는 판단입니다."

"그러니까 WT그룹이 개발해낸 첨단 기술들이 그 금속으로 기인한 거라고 주장하고 싶으신 겁니까?"

"그렇습니다."

포트먼 장관은 순간 머리가 복잡해졌다. 그리곤 강백호는 한국에 거주하지만, 어디까지나 국적은 미국이라는 것이 떠올랐다.

'좋아해야 할 일 아닌가? …으음, 복잡하군.'

이렇다 저렇다 평가를 내리기 어려웠다.

"그래서 하고 싶은 말이 무엇입니까?"

"새로운 금속이 발견됐다는 건 세기의 발견이 될 수도 있는 일인데, 그런 일을 일개 기업이 독점하게 두면 안 된다는 것을 말씀드리는 겁니다."

"글쎄요. 제가 뭐라 말씀드리기가 어렵군요. 강백호 대표 국적은 미국이고 WT그룹도 본사는 미국에 있으니 말입니다."

"……."

"해석하기 나름이겠지만 이는 곧 미국의 자산이라고 봐도 무방하다는 겁니다. 물론 차후 논의해야 할 일이 많기는 하겠지만 말입니다."

포트먼 장관 반응을 본 루카스는 당황했다.

'이 양반이 왜 이래?'

이러려고 어렵게 만난 것이 아니다. 어떻게든 WT그룹을 옭아매려고 했는데 포트먼 장관 반응은 오히려 강백호와 WT그룹의 편을 드는 것 같았다.

"제가 알아보니까 국적만 미국일 뿐 하는 짓은 한국에만 유리하게 행동한다고 들었습니다. 그런데도 장관님은 그쪽에 유리하게 말씀하시네요."

"제가 언제 편을 들었다고 그러십니까? 전 객관적인 사실을 말했을 뿐입니다."

"장관님! 이게 공론화되면 장관님에게 유리하지만은 않을 겁니다."

"지금 절 협박하시는 겁니까?"

"협박이라니요. 절대 그런 거 아닙니다. 전 제 조국인 미국의 국익을 위해서 뜻을 모아 보자는 겁니다."

"사장님 의도는 알겠는데 이게 우리끼리 결정할 수 있는 문제가 아닙니다."

미국의 국무부 장관은 바쁜 자리다. 그리고 이게 국익을 논할 만큼 심각한 일인지 잘 모르겠다는 것이다.

"제 생각엔 아주 심각한 일인데 장관님은 아무렇지 않은 모양이군요."

"F—22 사업이 중단된 일로 억울하다는 거 압니다. 그동안 들인 노력이 허사가 됐으니 뭐라도 꼬투리를 잡고 싶다는 것도 이해하구요. 하지만 모든 면에서 협조적인 WT그룹과 강백호 대표를 적으로 돌릴 수 없다는 것도 이해주셨으면 합니다.”

“그러니까 장관님은 WT그룹이 협조적이니 조심해야 한다는 겁니까?”

“루카스 사장님! 지금 뭐 하자는 겁니까?”

“전 어디까지나 국익을 위해 뜻을 모아 보자는 것인데 장관님은 오히려 호통을 치는군요.”

루카스는 오너도 아니고 월급 사장이다.

‘이게 자리를 지키는 일이라 판단한 걸까?’

F—22 사업이 중단된 이유로 계약 연장에 실패할 수도 있는 상황이다. 그런 상황에서 자기 자리를 지키기 위한 일을 하지 않고 이런 일을 꾸민다고 생각하니 이해할 수가 없다.

“아무튼 이런 대화는 적절치 않다는 것이 제 생각입니다. 그럼 먼저 일어나겠습니다.”

“장관님! 그냥 넘어갈 일이 아닙니다.”

“그렇다면 아만티움에 대한 정보를 더 가져오세요. 그렇게 추상적인 논리로 제가 뭘 할 수 있겠습니까?”

“좋습니다. 곧, 다시 연락드리죠.”

“그럼 오늘은 이만 일어나는 것이 좋겠군요.”

루카스 사장은 포트먼 장관이 하는 말에도 일리가 있다고 생각해서 오늘은 한 발짝 물러나기로 했다. 아만티움을 연구하고 있으니 곧, 자신에게 명분이 생길 것이라 판단해서다.

루카스 사장과 헤어진 포트먼 장관은 곰곰이 생각했다.

"에릭. 루카스 사장이 한 말에 대해서 어떻게 생각해?"

에릭은 포트먼의 수석 보좌관이다.

"일단 아만티움이 어떤 금속인지 알아볼 필요는 있다고 생각합니다."

"화합물도 아니고 새로운 금속이라니 사실일까?"

"루카스 사장이 저리 나올 정도면 사실일 겁니다. 하지만 운석 덩어리에서 떨어져 나온 조각일 수도 있으니 신중하게 접근해야 한다고 봅니다."

"그래. 그 운석일 가능성을 생각하지 못했군."

"만일 운석이라면 학술적인 가치 외에는 없을 겁니다. 양이 제한적일 테니까요."

"그럼 강백호 대표를 만나볼 필요가 있겠군."

"약속 잡을까요?"

"그러지."

포트먼 장관은 백악관에 간략하게 보고하고 뉴욕으로 움직였다. 마침 가까운 곳에 있으니 직접 만나서 아만티움에 대해 듣고 싶어서다.

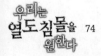

"그러니까 루카스 사장이 장관님을 찾아가서 그런 말을 했다는 거군요."

"그렇습니다. 그래서 말인데 아만티움에 대해서 알고 싶은데 자료를 받을 수 있겠습니까?"

"그 전에 루카스 사장을 이해할 수가 없군요."

"예?"

"사실은 얼마 전 창고 관리인이 아만티움 일부를 빼내서 로키드 연구팀과 불법 거래를 했습니다. 로키드는 불법인 줄 알면서도 거액을 주고 아만티움을 구해갔죠. 그런 일이 있었는데도 전 신사적으로 해결하려고 했는데 뒤에서 이런 일을 벌이다니 용서할 수가 없군요."

"저런… 그런 일이 있었군요."

"그리고 저흰 불법을 저지른 적이 없습니다. 아만티움은 저희 WT그룹의 전략 자산이니까요. 그리고 저와 WT그룹은 미국에 속해 있는데 이렇게 탄압해서는 안 되는 거 아닙니까?"

"오해하지 않으셨으면 합니다. 저흰 다만 아만티움이란 새로운 금속이 발견됐다는 사실을 확인하려는 것뿐입니다. 대표님 말씀대로 미국인과 미국 기업이 하는 일을 방해할 생각은 추호도 없습니다."

뭐가 그리 떳떳한지 모르겠다. 포트먼 장관은 당연하다는 듯이 아만티움에 대한 자료를 요구했다.

'허……'

눈 하나 깜짝하지 않고 말하다 보니 내가 잘못한 것이 아닌가 싶을 정도다.

"아만티움에 대한 자료는 기업 비밀입니다."

"공유할 수 없다는 뜻입니까?"

"아직은요."

"이런 말씀 드리기 좀 그렇지만 로키드 CEO라면 충분히 문제를 만들어낼 수 있는 위치에 있습니다. 루카스 사장이 그러기 전에 간단한 자료만이라도 제출해주신다면 사태 해결에 도움이 될 겁니다."

"생각해보죠."

"전 어디까지나 강 대표님을 도우려는 겁니다. 만일 이 사실을 악용하려는 세력이 있다면 노르웨이 정부를 이간질해서라도 문제를 만들어낼 겁니다."

듣고 보니 틀린 말도 아니다.

그렇다고 봐달라고 아만티움에 대한 자료를 선뜻 내줄 수는 없는 노릇이다.

"아니라고는 말 못 하겠군요."

"그거 보십시오. 그러니까 간단한 리포트 정도만 제출해주십시오. 그럼 제가 대통령님을 설득해 보겠습니다."

"···으음, 좋습니다. 아만티움이 알려졌으니 어떤 금속
인지 정도는 알려드리죠."

"오! 정말 그러시겠습니까?"

"하지 말까요?"

"아! 아닙니다. 부탁드립니다. 하하하!"

내가 하지 말까요? 하고 농담을 했더니 포트먼 장관은
다급하게 손을 내저으면서 어색하게 웃었다.

장관과 헤어진 후로 장관 메일로 아만티움에 대한 간단
한 자료를 보냈다. 로키드에서도 이미 간단한 테스트 정
도는 했을 것이니 쉽게 알아낼 수 있는 물성값 정도만 알
려준 것이다.

일단은 그렇게 일단락되는 것으로 생각했는데 루카스
사장에게서 만나자는 연락이 왔다.

"뻔뻔하게 연락할 줄은 몰랐습니다."

"하하하! 뻔뻔하긴요. 사업하는 사람은 본래 저처럼 간
도 쓸개도 빼놓고 하는 겁니다."

피식.

"그렇다 치고. 원하는 것이 뭡니까?"

"제가 원하는 건 간단합니다. 아만티움과 기술 공유 부
탁드립니다."

"기술 공유는 그렇다 치고 아만티움을 어디다 활용할
지는 밝혀냈습니까?"

궁금해서 확인해보려는 것이다.

로키드는 세계 최고의 기업 중 하나다. 그래서 그 짧은 시간 동안 뭘 알아냈을까 궁금했다.

"우선 한 가지는 밝혀냈습니다. 정확히는 가능성이지만 말입니다."

"그게 뭡니까?"

"엔진입니다."

"엔진이요?"

"네. 제트 엔진 소재로 사용한다면 최고의 결과 값을 얻어낼 거라고 하더군요. 최고의 과학자들이 알아낸 거니까 틀림없을 겁니다. 안 그렇습니까?"

"글쎄요."

이게 또 맞는 말을 하는데도 얄미워서 그런지 맞다고 말하기가 싫었다. 그래도 놀랍긴 했다. 그 짧은 시간에 그걸 알아내다니 말이다.

"그 반응은 맞다고 말씀하시는 것보다 더 확신을 준다는 거 아십니까?"

"제가 그랬나요?"

"제겐 그렇게 들립니다."

"하지만 소재 하나를 새로운 분야에 적용한다는 것은 많은 노력과 시간이 필요한 일이겠죠. 안 그렇습니까?"

"그거야 물론이죠. 그래서 정식으로 요청 드리는 겁니다."

"제가 기술 공유하면 로키드는 제게 뭘 줄 수 있죠?"

"원하는 건 뭐든 각오하고 있습니다."

말은 그리하는데 진심이 느껴지지 않는다.

확대해석하자면 루카스 사장은 자기 자리를 지키기 위해 발악하려는 것으로밖에 보이지 않았다.

"뭐든이라……."

"그렇습니다."

"그럼 이사진을 설득해서 로키드를 매각하시죠."

"네?"

"로키드를 WT에 매각하라는 겁니다. 그럼 자연스럽게 모든 문제가 해결되지 않겠습니까?"

"하지만……."

루카스는 갑작스러운 말에 머릿속이 하얗게 변했다. 방산기업이자 미국 최고의 기업 중 하나를 매각하라니. 어떻게 반응해야 할지 가늠이 되지 않아서다.

"일단 제 제안이 먼저입니다."

"진심입니까?"

"물론입니다. 다른 조건은 그 뒤에 따져보죠."

"뭐라고 해야 할지 모르겠군요."

"로키드는 이미 제게 한 번의 실수를 했습니다. 사장님께 이런 제안을 하는 것도 처음이자 마지막입니다. 그리고 제안을 거부한다면 패트릭 씨와 거래한 아만티움은 돌려줘야 할 겁니다. 이해하시리라 믿습니다."

루카스 사장과는 그렇게 헤어졌다. 그가 어떤 결과를 가져오든지 상황에 맞게 대응할 생각이다.

어쨌든 아만티움은 세상에 알려지기 시작했다. 처음 이 사실을 알게 됐을 때에 비하면 비교적 양호한 상황이라고 볼 수 있었다.

그러나 누가 정보를 흘렸는지 노르웨이 정부도 아만티움에 대해 알게 되었다.

"그러니까 스피츠베르겐 섬에 새로운 금속이 존재한다는 말입니까?"

"네. 총리님."

"그걸 속이고 자치령으로 삼았고?"

"네. 그렇습니다. 하지만 계약서에는 어떤 자원이 채굴된다 해도 이의를 제기하지 않기로 돼 있습니다."

"누가 그런 계약을 한 거죠?"

"전임 총리님이 계약한 내용입니다."

텐베르그 총리는 작년에 부임했다. 이런저런 일로 항상 바쁘긴 하지만 조금 전에 들었던 내용은 충격에 가까웠다. 노르웨이 영토 안에 새로운 금속이 발견되었다니.

이건 한 단계 도약할 기회라고 생각했다. 그런데 방법이 없단다.

"되찾을 방법은요."

"연구해 보겠습니다만 아틀란 시티에 협조해달라고 하

는 건 어떻겠습니까?"

"협조?"

"네. 총리님. 강백호 대표가 이끄는 WT그룹은 이미 세계적인 기업으로 거듭나고 있습니다. 그쪽에서 개발했다는 아테나급 구축함은 미국에서 막대한 예산을 들여 구입해 갈 정도구요. 그러니 갈등은 피해야 한다고 생각합니다."

"우호적인 관계를 맺어야 한다는 말이죠?"

"네. 총리님."

"좋아요. 일단 만나나 보죠. 아틀란 시티 시장을 초대하세요."

"네. 총리님."

* * *

노르웨이 행정부가 우호적인 관계를 선택한 가운데 백악관에서도 이 문제로 논란이 분분했다.

"새로운 금속이 발견되었다 해도 응용 분야에 적용하려면 많은 시간과 노력이 필요한 거 아닙니까?"

"그렇습니다. 대통령님!"

포트먼 장관은 WT그룹과 관계가 틀어지면 안 된다 말하고 비서실장은 WT그룹보다 아만티움을 우선해야 한다고 주장했다.

"강백호 대표의 국적인 미국이라 해도 사실상 한국인이나 다름없습니다. 지금까지 그렇게 행동해 왔고, 앞으로도 그럴 겁니다. 사실상 우리는 아테나급 구축함도 35억 달러라는 거액에 들여왔잖습니까?"

비서실장이 열변을 토했다.

"그렇게 생각하면 안 됩니다. 어찌되었건 아테나급 구축함을 가진 나라는 한국과 미국뿐입니다. 강백호 대표가 신경 써 주지 않았다면 그 금액으로는 어림도 없었을 겁니다. 톡 까놓고 말해서 50억 달러를 불러도 이의를 제기할 수 없었을 겁니다."

"장관님은 누구 편을 드는 겁니까?"

"누구 편이라뇨? 강백호 대표는 미국인입니다."

"장관님! 왜 자꾸 강백호 대표 편만 드는 겁니까? 임기 후에 자리라도 약속받으셨습니까?"

"자, 자리라니요? 지금 무슨 소리를 하는 겁니까?"

포트먼은 억울했다.

정말 자리라도 약속받았다면 이렇게 억울한 마음은 들지도 않았을 것이다. 관계가 나쁘진 않았지만, 자리를 약속받은 적 없으니 떳떳했다.

"아니면 아니지 왜 큰소리를 지르고 그러세요."

"할 소리 못할 소리 다 해놓고 지금 그걸 말이라고 합니까?"

"자자! 그만들 합시다. 무슨 소린지 알았으니까."

한두 시간 떠들어댄다고 답이 나올 얘기가 아니라 그만하라고 한 것이다.

"하지만……."

"아 글쎄! 무슨 말인지 알았다니까."

비서실장이 뭔가를 더 말하려고 했지만, 대통령이 막았다.

* * *

"각하, 저 왔습니다."

"이가와 실장 어서 와요."

"긴히 의논드릴 일이 있어서 왔습니다."

"뭔지 말해 봐요."

내각조사실을 책임진 이가와 실장은 미국에서 활동하는 요원이 보낸 내용을 정리해서 총리관저를 찾았다.

"미국에서 활동하는 우리 요원에게서 연락이 왔는데……."

이가와 실장은 미국에서 일어나고 있는 아만티움 논란에 대해서 보고했다. 이가와 실장이 결론을 내릴 위치는 아니지만, 그가 원하는 것은 아만티움을 가져와야 한다는 거였다.

"새로 발견된 금속 때문에 논란이 있다는 얘기는 들었는데 이게 그거겠지?"

"네. 각하."

"그래서 하고 싶은 말이 뭔가?"

"아만티움이란 금속이 무궁무진한 가능성이 가졌다고 합니다. 이걸 한국에서 가지도록 내버려 둘 수는 없는 일 아니겠습니까?"

"그건 그렇지만 미국도 가만있는데 우리가 뭘 어쩌잔 말인가?"

"노르웨이 총리를 만나보는 건 어떻겠습니까?"

"그건 왜?"

"아만티움 채굴지가 노르웨이 영토에 있어서입니다. 스피츠베르겐이란 섬인데 강백호가 거기에 아틀란 시티를 만들어서 자치령으로 인정받았습니다."

이가와 실장의 주장은 노르웨이 정부를 움직여서 아만티움을 확보해보자는 거였다. 뭐든 한국에 이익이 되는 일은 막아보자는 거였다.

"그래서 텐베르그 총리를 꼬드겨서 갈등을 만들어보자는 건가?"

"그렇습니다."

"그러기엔 아만티움에 대해서 너무 모르는 거 아닌가?"

"그건 정보를 수집하고 있으니 조만간 테이터를 확보할 수 있을 겁니다."

"그럼 데이터 확보한 다음에 다시 얘기하는 것이 좋겠네."

"알겠습니다. 각하!"

84

이가와 실장은 미국에서 활동하는 요원들에게 새로운 지침을 내렸다. 결과가 오기 전에 뭐라도 해야겠다는 생각이 들어서 한국에 요원을 대거 급파했다.

"실장님. 너무 서두르시는 거 아닙니까?"

"하세가와 부장. 어차피 한국에는 새로운 조직을 만들어야 했어. 그걸 이참에 하는 것으로 하자고."

"알겠습니다."

"그리고 요원들 파견 보내는 김에 한 가지는 확실히 하자고."

"뭘 말입니까?"

"강백호 그 인간을 제거하는 것. 그게 최우선적으로 처리해야 할 과제다."

이미 여러 번 실패했었다. 그래도 포기할 수 없는 일이라 요원을 보낼 수밖에 없었다.

최근 들어 한국은 내각조사실 요원들의 무덤이란 소리를 들을 정도로 어려운 파견지였지만 이사와 실장은 포기할 수 없었다.

"한국은 우리 요원들의 무덤이 되고 있습니다. 그런데 또 보내야겠습니까? 그리고 최근엔 모사드가 우릴 방해하고 있다는 것까지 밝혀졌습니다."

"그걸 왜 이제 얘기해?"

"보고 드리려고 했습니다."

"모사드가 왜 우릴 방해한다는 거지?"

"알아보는 중입니다만 모사드가 한국과 친해지기 위해서 우리 요원을 제거한 것으로 보입니다."

"그것참… 한국이랑 친해지려고 한국에서 활동하는 우리 요원 모두를 제거했다는 건가?"

"지금은 그렇게밖에 해석이 안 됩니다."

"칙쇼!"

한국도 아니고 모사드가 자기네 요원들을 작살냈다고 생각하니 전부 다 박살 내버리고 싶었다. 최근 들어 한국에 뭐든 지고 있다는 것도 죽기보다 싫은 것 중 하나였다.

"실장님, 일단 시간을 가지고 생각해보시는 것이 어떻겠습니까?"

"시간? 무슨 시간."

"성급하다는 생각이 들어서 하는 말입니다."

"성급은 무슨. 강백호 그놈을 제거해야 이 답답한 마음이 조금이라도 풀릴 것 같아서 하는 말이야! 그러니까 잡소리 집어치우고 당장 한국에 보낼 요원들 선발하도록 해."

"하지만 실장님……!"

"하세가와 부장. 마지막이야. 하기 싫으면 사표 쓰고 나가."

"네?"

"하기 싫으면 나가라고."

자기 뜻에 따르지 않겠다면 가차 없이 버리겠다는 뜻이
다. 전에는 살살 달래기라도 했다면 이젠 악밖에 남지 않
아서 그런지 냉정하기가 이를 데 없었다.

　"실장님… 변하신 거 아십니까?"

　"변한 건 자네도 마찬가지야. 그러니까 하라는 대로 하
기나 해."

우리는 열도 침몰을 원한다

커지는 파장

아만티움이 세상에 알려지기 시작했다.

로버트 패트릭이 돈 욕심 때문에 벌인 일이 일파만파로 파장이 커진 것이다.

때문에 힘 좀 쓴다 하는 여러 나라 정보국 요원들이 다시 한번 한국으로 몰려들었다.

"형님, 파장이 점점 커지는데 어쩌죠?"

"어쩌긴. 이런 날이 올 줄 알았잖아."

"버트너 대통령이 가만있을지 모르겠습니다."

"미국은 우리랑 엮인 일이 많으니 크게 문제 삼지 않을 거야. 그리고 몇몇 나라와 동맹을 맺으면 돼."

"어떤 나라인데요."

"미국이랑 이스라엘, 영국, 독일, 호주 정도면 우릴 어쩌지 못할 거다. 아! 아틀란 시티 위치상 노르웨이도 포함해야 되겠네."

한국을 포함해서 미국, 이스라엘, 영국, 독일, 호주, 노르웨이까지 일곱 나라 정도면 아만티움을 지켜내는데 문제가 없을 거라 판단했다.

일곱 나라가 군사 동맹을 맺는다면 더 많은 시너지를 발휘할 수 있을 것이고 말이다.

"중국이랑 일본이 가만있진 않을 겁니다."

"중국이랑 일본이 우릴 건드려주면 더 좋은 일이지. 우리가 공격해도 좋을 명분을 만들어 낼 수 있잖아."

"음……."

"그래서 말인데 7개국과 군사 동맹을 맺고 아테나 지상 버전을 수출해야겠다."

중국이랑 일본은 우리에겐 원체 훼방꾼들이라 가만있지 않을 거라는 것은 어렵지 않게 예측 가능했다.

"그렇게나 많이요?"

"전 세계로 치면 많은 것도 아니야."

"실제로 7개국이 새로운 군사 동맹을 맺게 되면 프랑스나 스페인이 크게 반발할 겁니다. 중국이나 러시아도 마찬가지구요."

"중국이나 러시아는 결이 다르니까 걱정할 거 없어. 그리고 더 자세한 사항은 나중에 정하면 되고, 프랑스나 스페인 같은 나라는 회원국이 만장일치로 찬성할 경우 새 회원국으로 받아주면 될 거다."

한국, 미국, 이스라엘이 상임 회원국이 되고 영국, 독일, 호주, 노르웨이는 일반 회원국으로 구분할 생각이다.

"시끌시끌하겠네요."

"아만티움도 지키고 우리도 지키려면 반드시 해야 하는 일이다."

우리끼리는 이런 대화를 나누면서 미래를 설계하고 있었지만, 각국의 스파이들은 아만티움에 대해 알아내려고 사활을 거는 중이었다.

"문제가 커지기 전에 가라앉히려면 포트먼 장관부터 만나야 하지 않을까요?"

"그래야지."

청룡을 만난 뒤에는 아틀란 시티에 들러서 현무와도 계획을 공유한 뒤에 워싱턴D.C로 향했다. 시간을 절약하기 위해서 까막수리를 타고 움직였고, 까막수리를 숨긴 뒤에는 송골매로 백악관까지 이동했다.

"장관님, 강백호입니다."

—오! 강 대표님! 그렇지 않아도 연락드리려고 했는데 지금 어디 계십니까? 제가 가겠습니다.

"그럴 줄 알고 제가 왔으니 백악관 마당에 착륙할 수 있도록 허가 좀 내주시죠."

—네?

백악관 마당에 송골매를 착륙시키려는 이유는 간단했다. 허튼 생각하지 말라는 경고와 우리는 이미 6세대를 뛰어넘는 전략 항공기를 보유하고 있다는 것을 보여주는 퍼포먼스를 하기 위해서다.

"상황이 급박한 거 같아서 따로 입국 심사를 받지 못했습니다. 그래서 착륙 허가를 요청하는 겁니다."

포트먼 장관은 이게 무슨 일인지 이해가 되질 않았다.

—당최 이해할 수가 없군요.

"장관님, 어렵게 생각할 거 없습니다. 손님이 타고 있는 헬기가 착륙한다고 생각하시면 간단하지 않겠습니까?"

—그러니까 지금 백악관 상공에 도착했다는 겁니까?

목소리만 들어도 당황한 기색이 역력했다.

"그렇습니다."

—잠시만요.

포트먼 장관은 급하게 주 방위부대를 연결해서 워싱턴 D.C 상공에 허가받지 않은 비행 물체가 있는지 확인하도록 했다.

"빨리 확인해."

"네. 장관님!"

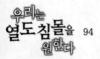

관련 부서와 주 방위군에 연결해서 수상한 비행 물체를 찾아내려고 했지만, 미국이 가진 전략 자산으로는 송골매를 찾아낼 수가 없었다.

"아직이야."

"장관님! 다시 점검해 봤지만, 현재 백악관 반경 50km 내에는 레이더에 잡히는 비행 물체는 없습니다."

"확실해?"

"네. 확실합니다."

"미치겠군. 레어더에 잡히지도 않는단 말이지? 후~ 도대체 뭘 타고 왔다는 거야?"

"그거야 확인해보면 될 일 아니겠습니까?"

"그건 그렇지. 알았어."

포트먼은 잠시만 더 기다려달라고 말하고 서둘러 대통령 허가를 받아냈다.

'이건 절대 언론이 알게 해서는 안 되겠어.'

포트먼은 생각이 많아졌다.

어떻게 보면 이건 치욕적인 일이다.

그래도 아만티움 때문에 일단 무슨 일인지 알고나 보자는 식으로 허가를 내줬다.

—강 대표님.

"네. 말씀하세요."

—착륙 허가합니다. 근데… 아닙니다. 일단 얼굴 보고

얘기하시죠.

"알겠습니다."

말을 하려다 마는 걸 보니 한바탕 난리가 난 듯했다.

하긴. 어떤 상황일지 눈에 훤했다.

포트먼 장관은 착륙 허가를 내주고 백악관 앞마당으로 나가서 하늘을 올려 보았다.

"미치겠네. 도대체 뭘 타고 왔다는 거지?"

"장관님. 저기 좀 보세요."

보좌관이 놀라서 하늘을 가리켰다.

"어?"

분명 조금 전까지만 해도 아무것도 없었다. 그런데 영상 조작이라도 한 것처럼 비행 물체 하나가 나타나 있었다.

"저거 뭐지?"

"조금 전에 갑자기 나타났습니다."

"어디서?"

"죄송합니다. 장관님! 순간적으로 놓친 것인지 모르겠는데 그냥 짠! 하고 나타났습니다."

"뭐? 이거 정말 환장하겠군."

포트먼 장관이 보좌관과 옥신각신하는 사이 비행 물체가 앞마당에 내려앉았고, 거기서 내가 내렸다.

"장관님."

"강 대표님, 어떻게 된 겁니까?"

"급히 의논할 일이 있어서 공항 거칠 시간이 없어서 바로 왔습니다."

"네?"

"궁금한 것이 많겠지만 일단 들어가서 얘기하시죠."

"네? 아! 네. 들어가시죠."

원체 경황이 없다 보니 뭐부터 해야 할지 헷갈려 하는 장관을 두고 내가 먼저 앞장섰다.

포트먼은 내가 앞장서서 걷는 것을 보고는 어이없어했다.

"장관님! 어서 들어가시죠."

"응? 아! 그래야지. 어서 들어가자고."

생각해보니 대통령이 기다리고 있어서 시간 끌 상황이 아니었다.

*   *   *

시끄러운 환영(?) 시간이 지나고 대통령과 포트먼 장관 그리고 나까지 세 사람이 대통령 집무실에 마주 앉았다.

"우선 급한 용건이 뭔지부터 들어봅시다."

송골매에 대해 궁금한 것이 많은 눈친데 역시 대통령이다. 내가 왜 왔는지부터 확인하고 싶어 했다.

"아만티움이란 금속에 대해 보고 받으셨을 것으로 압

니다."

"…으음, 먼저 얘기를 꺼내주니 고맙군요."

내가 아만티움에 대해 언급하자 지금까지 어수선했던 분위기가 일거에 정리되었다.

"강 대표님, 정말 아만티움이란 금속이 존재하는 겁니까?"

대통령과 장관 모두 나를 뚫어져라 쳐다보았다. 이런저런 말만 들었지 아직 실체가 확인되지 않아서다. 그러나 돌아가는 상황을 보면 아만티움은 분명 존재하는 금속이란 생각엔 변함없었다.

"아만티움은 분명히 존재하는 금속입니다. 차차 증명되겠지만 여러 분야에서 활용이 가능할 정도로 효용 가치도 무궁무진하죠."

"보고 받기론 아틀란 시티에서 채굴한다고 하던데 사실입니까? 그리고 매장량은 얼마나 되는 겁니까?"

"지구상에는 북극에만 존재하는 금속이고 매장량은 1억에서 5억 톤 미만입니다."

사실이라고 확인은 해주었지만, 구체적인 정보에 대해서는 에둘러 말했다. 지나친 억측을 피하기 위해서인데 두 사람은 내가 두리뭉실하게 말하자 골치가 아픈 듯 머리를 꾹꾹 눌렀다.

"좋습니다. 그럼 북극에 아만티움이 존재한다는 사실은 어떻게 알게 된 겁니까?"

"믿으실지 모르겠지만 우연한 기회에 북극을 탐사하게 됐는데 그 당시 우연히 알게 된 사실입니다."

"아테나 시스템도 그렇고 구축함에 적용된 기술들을 보았을 때 많이 놀랐었습니다. 그래서 이참에 확인하고 싶은데 강 대표가 가진 앞선 기술이 아만티움 때문이란 보고가 있더군요. 강 대표는 어떻게 생각하십니까?"

"그렇기도 하고 아니기도 합니다."

"무슨 대답이 그렇습니까?"

"지금 상황에서는 말할 수 있는 것과 없는 것이 있습니다. 저도 자세히 밝힐 수 없는 사정이 있는 거니까 이해 바랍니다."

지금은 모든 것을 말해 줄 수 있는 타이밍이 아니다. 그래서 더 많은 질문이 쏟아지기 전에 말을 끊었다.

"좋습니다. 잠깐 말이 샜는데 그래서 어쩌자는 겁니까?"

드디어 오늘 방문한 이유를 말할 시간이 왔다.

"제가 오늘 대통령님을 찾아온 이유는 간단합니다."

"그러니까 그게 뭡니까?"

"제안할 것이 있어서입니다. 한국, 미국, 이스라엘, 영국, 독일, 노르웨이, 호주 이렇게 7개국이 신 군사 동맹을 맺었으면 합니다. 그리고 출발은 7개국이지만 이 동맹은 UN을 대체하는 연합으로 발전하기를 기대합니다."

"아니 갑자기 그게 무슨 말입니까?"

"신 군사 동맹을 맺어 제가 가진 아테나급 구축함과 같은 첨단 무기를 공유하겠다는 겁니다."

"갑자기 그런 결정을 내린 이유를 여쭤봐도 되겠습니까?"

"우리 WT그룹이 가진 기술 중에는 군사 기술만 있는 건 아닙니다. 생각해보니 우리 WT그룹이 무슨 발표만 하면 난리가 나는데 전 이 충격을 최소화하기를 바랍니다."

"지금까지도 충격적인 사실이 많았는데 앞으론 더 할 거란 뜻입니까?"

씨익.

뭐 그거 가지고 놀라는 것인지 모르겠다는 표정을 지어 보였다. 연기가 아니라 나도 모르게 그런 표정이 나온 거다.

"제 기준으론 아직 시작도 하지 않았습니다."

아만티움이 알려지기 시작했지만 제대로 알려진 건 아테나로 알려진 전술 시스템이 최초라 할 수 있다. 파이티티 발굴 때도 그렇고 북한과 경제특구 사업을 벌일 때도 충격을 완화하느라 머리가 아팠었다. 여러 목적이 있겠지만 이것도 내세울 수 있는 조건이라 버트너 대통령을 설득하기 위해서 가장 먼저 언급하고 싶었던 이유다.

"시작도 하지 않았다는 말의 의미가 궁금하군요."

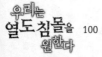

"말보다 밖에 있는 유무인 복합 드론이 증거가 될 수 있을 겁니다."

"유무인 복합 드론?"

"네. 우린 송골매란 이름으로 부르는데 4세대니 5세대니 하는 기준으로 따지면 7세대 이상이라고 볼 수 있을 겁니다."

"……."

송골매는 미래 전략 병기다. 그래서 7세대로 불려도 모자란 성능을 가지고 있었다. 이건 세대를 따질 것이 아니라 그냥 미래 전략 항공기로 따로 분류하는 것이 맞는 거다.

대통령과 장관은 내 말에 정신이 아득해지는 느낌을 받았다.

'아주 넋이 제대로 나가셨구만. 큭큭!'

아마 지금쯤 머릿속에서 지진이 일어나고 있을 것이다.

"가, 강 대표님… 7세대 이상이라는 것이 사실입니까?"

"세대 구분이 무의미한 전략 병기라고 하는 것이 맞을 겁니다. 인공지능에 의해 스스로 움직이는 것도 가능하니까요."

"이…인공지능?"

"맙소사!"

놀라는 것도 제각각이다.

하긴, 두 사람이 이러는 것도 이상할 거 하나 없다. 인공지능이란 말이 등장한 지 얼마 안 된 시점이고, 이제 막 개발을 시작한 기업이 하나둘 나타나는 시점이라 두 사람 반응이 당연한 거다.

"그렇습니다. 우리 WT그룹은 이미 차세대 반도체인 아트래핀 반도체를 개발해서 이미 상당한 기술적 진보를 이룩한 상황입니다."

"……."

"이제 그것들을 하나씩 세상에 드러낼 생각이라서 아까 말한 7개국이 신 군사 동맹을 맺기를 바랍니다. 물론 세부 사항은 7개국 대표들이 모여서 합의를 봐야겠지만 말입니다."

"이거 정신을 차릴 수 없군요… 아! 잠깐만요. 조금 전에 무슨 반도체라고 했습니까?"

"지금으로선 생소하실 겁니다. 우린 아트래핀 반도체라고 부릅니다. 그리고 이건 많은 논란을 야기할 수 있으니 저희끼리만 아는 비밀로 하시죠. 두 분께 말씀드리는 이유는 제 계획을 믿고 지원해 달라는 의미에서입니다."

"후… 이건 뭐 너무 휘몰아치니 정신을 차릴 수가 없군요."

"하하하! 두 분 마음 충분히 이해합니다. 그리고 백 마

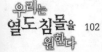

디 말보다 눈으로 보는 것이 빠를 겁니다. 잠깐 밖으로 나가시죠."

두 사람이 뭐라 하건 말건 나는 먼저 일어서서 송골매를 착륙시켜 놓은 앞마당으로 나갔다.

백악관 경호팀이 송골매 주변을 경계하고 있었는데 멀리서 구경하는 사람들이 꽤 많이 모여 있었다. 저 많은 사람들이 보는데 휘황찬란한 시범을 보일 수는 없다. 그래도 한 가지만 확인시켜 주면 내가 무슨 말을 한 것인지 금방 알아들을 것이다.

"강 대표님, 뭐 하시려고?"

"장소도 그렇고 보는 사람이 많으니 간단하게 보여드리겠습니다."

"뭘 말입니까?"

"장관님이 확인해보시죠. 조종석이 비어 있다는 것만 확인하시면 됩니다."

"네?"

"일단 보시죠."

"아! 네."

내가 강요하지 포트먼 장관은 할 수 없다는 듯이 송골매 조종석을 확인했다. 그런데 복잡한 계기판이 있을 것으로 예상했던 조종석은 터치스크린만 존재했다.

'뭐지?'

포트먼이 가진 상식으로는 이해할 수가 없었다.

로키드에 가서 F—22 조종석에도 앉아본 경험이 있었
는데 이런 계기판은 상상할 수도 없었다.

"아무도 없군요."

"도대체 뭘 어쩌려는 겁니까?"

영문을 모르고 휘둘리다 보니 대통령이 짜증을 냈다.

"시범을 보이려는 겁니다."

"어쩌려고?"

"보시죠. 수리야, 송골매 회수해."

—네. 백호님.

수리와의 통신은 나만 들을 수 있었다.

수리가 송골매를 컨트롤해서 까막수리로 회수 명령을
내리자 갑자기 시동이 걸리더니 수직 이륙한 뒤에 엄청
난 속도로 사라졌다.

구경하는 사람들이야 조종석에 사람이 타고 있었을 거
라고 생각하겠지만 대통령과 장관은 달랐다.

"장관! 정말 아무도 없었습니까?"

"틀림없이 확인했습니다."

"저만한 기체가 수직 이착륙한 것도 충격적인데 인공
지능에 의해 무인으로 기동이 가능하다는 겁니까?"

"저희끼리 말해봤자 아니겠습니까?"

"크흠! 그건 그렇지만……."

"일단 강 대표에게 들어보시죠."

"그럽시다."

볼 거 봤으니 다시 들어가서 얘기하자는 의미로 내가
앞장서서 집무실로 향했다.

*　*　*

"조금 전 그거 설명 좀 부탁합시다."

"보신 그대로입니다."

"이해가 안 돼서 하는 말입니다."

"인공지능이 송골매를 조종해서 원대 복귀시킨 겁니
다."

"그러니까 조금 전에 본 것을 우리랑 공유하겠다는 겁
니까?"

"송골매는 우리로서도 전략 자산입니다. 보급형은 다
소 그레이드가 떨어지긴 하겠지만 그래도 6세대로 평가
받는 것에는 문제없을 겁니다."

송골매를 보여준 이유는 간단하다. 까불면 다친다는 것
과 내가 제안한 것을 받아들이라는 의미다. 그리고 그 속
에 복잡한 이해관계를 대입하지 말라는 경고의 의미도
들어 있었다.

"…뭐라고 말해야 할지 모르겠군요."

"어려울 것 없습니다. 7개국이 신 군사 동맹을 맺게 되
면 제일 먼저 아테나급 구축함과 아테나 지상형 버전이
7개국에 판매할 생각입니다."

"아테나 지상 버전이라면 이지스 어쇼어(이지스 지상 버전)와 같은 개념입니까?"

"그렇습니다."

아테나 시스템만 깔려도 미사일 공격에 대해서는 완벽하게 방어가 가능해진다. 전쟁을 하자는 건 아니지만 아테나 전술 시스템의 위력이 알려지면 전쟁 억지력으로서 상당한 위력을 발휘하게 될 것이다.

여러 나라가 핵무기를 가지고 전쟁 억제력을 구사한다곤 하지만, 재래식 무기에 의한 전쟁까지 막아내지는 못하는 것이 사실이다. 실제로 중동에 전쟁이 비일비재하게 일어나는 것도 사실이니 말이다.

그러나 아테나 전술 시스템이 효과적으로 방어한다면 어떤 적이라도 방어해낼 수 있으니 감히 넘보지 못하게 될 것이다.

아테나급 구축함이 어떤 성능을 지녔는지 이미 확인한 대통령이다. 그러니 내 말이 어떤 의미를 지녔는지 누구보다 잘 알았다.

"묻고 싶은 것이 많은데 오늘은 바쁜 일정이 많아서 이만하죠. 대신 포트먼 장관과 많은 대화를 나눴으면 합니다."

"그러겠습니다."

세계에서 가장 바쁜 지도자라는 건 나도 인정하는 바라서 더 이상 방해하고 싶지 않아서 포트먼 장관과 함께 자

리를 옮겼다.

"의문입니다."

"뭐가요?"

"갑자기 이러시는 이유가 뭡니까?"

"감질나게 보여주는 것보다야 화끈하게 보여주고 절 의심하지 말라는 의미에서 그런 겁니다."

"그럼 경고이기도 하겠군요."

"없다고는 못하겠군요."

나를 여러 번 봐서 그런지 내 의도를 어느 정도는 간파한 듯했다. 어떻게 보면 나를 가장 잘 아는 외부인이 바로 포트먼 장관이 아닌가 싶다.

"그거까지는 이해하겠는데 갑자기 7개국 군사 동맹을 추진하자니 저로선 당황스러운 제안입니다."

"제 의도는 간단합니다. 7개국이 만든 신 군사 동맹이 새로운 질서를 만들어가자는 겁니다."

"반발하는 나라가 적지 않을 겁니다. 러시아와 중국만 해도 UN을 통해 반발한다면 상당한 진통이 예상됩니다만……."

"진통이야 있겠지만 결국엔 저희를 지지할 수밖에 없을 겁니다. 그들이 내세울 수 있는 건 없으니까."

"하지만 7개국에 포함되지 않은 많은 나라가 핵을 보유하고 있잖습니까?"

다 같이 죽자고 덤비면 위협이 될 수 있다는 거다. 어차피 이런 자리에서는 만에 하나라도 간과해서는 안 되는 일이라 그걸 지적하는 거였다.

"핵은 문제가 안 됩니다. 제가 마음만 먹는다면 지금 당장에라도 무력화시키는 것이 가능하니까요. 아! 참고로 미국 또한 마찬가지라는 거 잊지 말았으면 합니다."

"저, 정말 그게 가능하다는 겁니까?"

전 세계에는 인류를 몇 번이라도 멸망시키고 남을 핵무기가 존재한다. 내가 아니라고 말해도 걱정을 지워버릴 만한 확신이 없는 거다.

"EMP를 탑재한 소형 드론 수천, 수만 대가 동시에 핵 기지를 공격한다면 어떻게 되겠습니까?"

"그…그게 가능하단 말입니까?"

"물론입니다. 궁금하시면 시범을 보여줄 수도 있습니다."

"시범이요?"

"네. 네바다 핵 기지를 무력화시켜보는 건 어떻습니까?"

"그, 그건 안 됩니다."

"하하하! 농담이니까 너무 정색하지 마세요."

단순한 대화지만 그 속에 당근과 채찍이 포함돼 있었다. 그래서 그런지 포트먼 장관은 제정신을 차릴 수 없는 관계로 진땀을 흘리고 있었다.

"후~ 이거 정신을 차릴 수 없군요."

"너무 겁내지 마세요. 제 핏줄은 한국인이어도 국적은 미국이니까요."

"솔직히 강 대표가 미국 국적을 가지고 있어서 천만다행이라고 생각하는 중입니다. 그런데 왜 7개국입니까?"

"처음엔 그렇게 출발해서 차차 회원국을 늘려갈 겁니다. 궁극적으론 새로운 세계 연합을 만드는 것인데 제 목적은 중국과 일본을 벗겨내는 겁니다."

"중국과 일본은 왜?"

"한국에 이런 말이 있습니다. 일본은 100년의 적이요. 중국은 천년의 적이라고 말입니다. 그리고 불구대천의 원수란 말도 있죠. 같은 하늘 아래에 살 수 없다는 뜻입니다. 한마디로 말해서 무슨 일이 있어도 절대 용서할 수 없는 상대죠."

"원한에 사무친 말이군요."

"장관님은 잘 모르실 겁니다. 하지만 한국인이라면 다르죠. 서울에서 지나가는 사람 붙잡아 놓고 일본이나 중국에 대해 어떻게 생각하냐고 묻는다면 열에 아홉은 이를 갈 겁니다."

"……."

"물론 알게 모르게 중국이나 일본을 옹호하는 사람도 있겠죠. 하지만 그런 사람들은 절대 드러내놓고 말하지 못합니다. 그게 얼마나 공분을 살 일인지 그들도 알기 때문이죠."

친일파, 친중파만 있는 건 아니다. 내가 볼 땐 친미파도 문제니까. 그러나 포트만 장관과 대화를 나누는데 거기까지 들먹이고 싶지는 않았다.

"문득 이런 생각이 드는군요."

"무슨 생각 말입니까?"

"이게 다 나중에 일본과 중국을 치기 위한 밑 작업이 아닌가 하는……."

"부인하진 않겠습니다."

"역시."

"그러나 그들이 과거사를 사과하고 잘못을 바로잡는다면 전쟁까지 갈 생각은 없습니다."

"…으음, 어려운 일이군요."

"그렇죠? 그들은 절대 자신들이 잘못했다고 인정하지 않을 테니까."

중국은 아직도 대국 운운하고 있으며, 일본은 감히 한국 따위란 말을 연발할 뿐이다. 전력 차이를 깨닫고 그들이 먼저 사과할 확률은 아마도 1% 미만이지 않을까?

"정말 전쟁까지 생각하시는 겁니까?"

"지금으로선 그렇게 되지 않을까 예상하고 있습니다."

"그렇다면 그 시기를 언제쯤으로 보는 겁니까?"

"빠르면 1년 후 늦어도 3년 이내에 일본을 칠 생각입니다."

포트먼 장관에게 속내를 숨길 이유는 없었다. 누구보다

앞장서서 나를 도와줄 사람이기에 이 정도는 알고 있는 것이 좋다고 생각해서다.

"그렇게나 빨리 말입니까?"

"준비 기간까지 합치면 결코 빠르지 않습니다."

"제가 일본 총리에게 말하기라도 하면 어쩌려고 다 털어놓는 겁니까?"

"그러지 않기를 바라지만 설사 일본이 대비한다 해도 소용없습니다. 이미 전력 차이는 압도적이니까요. 다만 얼마나 부셔놓느냐가 관건이겠죠."

"그, 그러시군요."

일본은 한국과 버금가는 미국의 우방국이다. 지금까지 일본에 팔아먹은 무기만 해도 상상을 초월하는 천문학적 금액이다. 하지만 이젠 더 이상 일본은 미국의 우방국이라 할 수 없었다. 한국과 내가 이렇게 나오는 이상.

나는 최대한 빨리 그것을 깨닫기를 바랐다.

＊　＊　＊

비밀은 없는 법이다.

특히나 정치판에서는 더더욱 그렇다.

그중에서도 나라와 나라 간에 일어나는 일들은 더더욱 그렇다.

백악관 앞마당에 착륙했던 의문의 비행 물체에 대해 왈

가왈부 말이 많은 가운데, 새로운 군사 동맹이란 말이 백악관 대변인에 의해 최초로 언급되었다. 당연히 기자들이 벌떼처럼 달려들어서 어떤 의미에서 한 말인지 확인하려고 했다. 그러나 운만 띄워놓고 한동안 말을 아끼니 잠잠해지는가 했는데, 한국에서 7개국 대표단 협의가 시작된다는 뉴스가 보도되었다.

가장 민감하게 반응한 나라는 예상대로 중국, 일본, 러시아, 프랑스 등이었다.

이 뉴스는 모든 뉴스를 잡아먹을 만큼 충격적인 소식이었고, 다시 한번 아테나 전술 시스템이 얼마나 위력적인지 언급되었다.

"장관님 계십니까?"

"다른 일정으로 외부에 계신다고 이미 말씀드렸는데……."

주미 일본 대사가 포트먼 장관을 만나기 위해 찾아왔으나 장관은 그를 만나주지 않았다. 실제로 바쁘기도 하거니와 일본 대사를 만나 봐야 아쉬운 소리만 할 것이 뻔하니 피하는 것이 상책이라고 생각해서다.

"벌써 일주일째입니다. 안에 계시는 다 아는데 정말 이럴 겁니까?"

"오해세요. 장관님은 외부 일정으로 한국에 계신다니까요?"

"한국이요?"

"네. 한국이요."

포트먼 장관은 정말 한국에 있었다. 일본은 자신들이 시도할 수 있는 모든 정보망을 가동해서 포트먼 장관이 서울 어느 호텔이 머물고 있는지 알아냈다.

"여기 장관님 계시죠?"

오카다 관방장관이 서울에 나타나서는 포트먼 장관이 머물고 있는 호텔을 찾았다.

"이러시면 곤란합니다."

"내가 누군지 몰라요?"

"지금 중요한 회의 중이십니다. 절대 방해하지 말라고 하셔서 오늘은 만나실 수 없습니다."

"정말 이럴 겁니까?"

오카다 장관은 악다구니를 부렸다.

같은 층에 다른 손님은 없었지만, 난동을 부려서 좋을 것이 없어서 그런지 참다못한 보좌관이 문을 열고 나타났다.

"들어오시라고 해."

"네."

경호원이 물러나자 오카다 장관은 문을 벌컥 열고 안으로 들어가는 무례를 저질렀다. 상황이 급해서 그런지 자신이 뭘 잘못하고 있는지도 모르는 듯했다.

"이렇게 만나기 힘든 분인지 몰랐군요."

"바빠서요. 그런데 무슨 일이십니까?"

포트먼 장관은 냉정하게 대했다. 사적으로라도 친하게 지낼 수 없다는 것을 알기에 명확하게 선을 긋기 위해서였다.

"아니 그걸 몰라서 그러십니까?"

"말씀하세요. 제가 그걸 어찌 알겠습니까?"

"좋습니다. 새로운 군사 동맹에 왜 우리 일본이 빠졌는지 알고 싶습니다."

피식!

비웃음에 가까운 웃음이었으나 오카다 장관은 애써 모른 척하고 찾아온 이유에 집중했다.

"정말 그걸 몰라서 이러십니까?"

"모르니까 이러는 거지. 알면 이러겠습니까?"

"신 군사 동맹은 한국과 미국 그리고 이스라엘 정부가 주도하는 것입니다. 세 나라 모두 일본은 배제하자는 원칙에 동의했기에 그리된 것뿐입니다."

"한국이 주장한 겁니까?"

"한국이 주장했건 아니건 그걸 장관님이 따질 처지는 아닌 듯한데……."

"일본은 미국의 맹방인데 이렇게 무시하실 겁니까?"

"오해입니다. 이건 새로 추진하는 협약일 뿐 일본이 상관해서는 안 되는 일입니다. 설마 내정간섭을 하겠다는 건 아니시겠죠?"

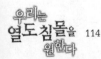

포트먼 장관은 내정간섭이란 말을 꺼내서 오카다 장관이 선을 넘지 못하도록 했다.

그러나 오카다는 애초에 선이란 것이 없는 인간이었다.

"이게 왜 내정간섭입니까?"

"그럼 아닙니까?"

"우리 일본으로선 당연히 주장할 수 있는 거 아닙니까?"

"저한테 이런다고 바뀌는 건 없습니다. 저도 나가봐야 하니까 이만 돌아가세요."

"한국이 뭘 주기로 한 겁니까?"

막무가내다.

포트먼 장관도 이미 싫은 마음이 자리를 잡아서 그런지 오카다 장관의 행동은 지긋지긋하다는 느낌을 받게 했다.

"왜 그런 생각을 하는지 모르겠는데 제가 누군지 착각하시는 거 아닙니까?"

"착각이요?"

"네. 제가 누굽니까? 전 미국의 국무부 장관입니다. 일본 관방장관 따위가 이렇게 대해도 되는 사람이 아니란 말입니다. 아시겠어요?"

오카다는 부들부들 떨었다.

화도 나고 겁도 나고 어떻게 반응해야 할지도 모르겠

고. 총체적인 난국이란 말은 이럴 때 쓰라고 있는 것 같았다.

"자, 장관님!"

"아 글쎄 장관이고 뭐고 간에 그만 나가세요. 보좌관! 손님 나가니까 밖으로 모시게."

"네. 장관님."

"그, 그게 아니라 장관님!"

"그만 나가시죠."

"이거 놔 봐요. 할 말이 남았단 말입니다!"

"이러시면 억지로 끌어낼 수밖에 없습니다."

"뭐요?"

보좌관은 안 되겠는지 경호원을 불러들여서 오카다를 끌어냈다.

소피의 정체

"협력만으로도 감지덕지라고 생각했는데 이런 일까지 벌어질 줄은 정말 몰랐어요."

소피가 다시 내 앞에 나타났다.

생각해보니 난 아직 소피 연락처도 몰랐다.

하지만 한 가지, 그녀가 다시 나타난다는 정도는 예상했다는 거다. 그래도 혹시나 하는 마음에 그녀가 다시 나타나자 연락처부터 받았다.

그러나 여전히 소피에 대해 아는 것이 너무 부족했다.

반대로 생각하면 평소 생각하는 시간에 비해 내가 그녀에 대해 알아보려는 노력을 별도로 하지 않았다는 것이다. 수리를 이용했다면 얼마든지 알아낼 수 있었을 텐데 말이다.

그녀를 통해 직접 듣고 싶었던 것일까?

그러나 그녀는 MU—7 (Military Union) 즉, 7개국 군사 동맹을 더 궁금해했다.

"원래 계획하던 일이었는데 시기 조절을 하다가 그렇게 됐습니다."

"설마 저 때문은 아니겠죠?"

싱긋 웃는다.

웃자고 농담한 건데 내가 정색을 하고 있으니 그녀 또한 표정이 묘해진다.

"글쎄요."

잠시 정적이 흘렀는데 그녀는 위트 있게 대처했다.

"에이~ 농담인데 그렇게 정색하니까 정말 같잖아요."

"하하하! 제가 당신에게 호감이 있긴 해도 그런 일로 MU—7을 추진할 리가 없잖아요."

쳇!

"안다구요. 알아요."

"알면 됐습니다."

"그렇다고 딱 꼬집어서 말할 필요는 없잖아요."

"아무튼 갑자기 나타난 이유나 알아보죠."

소피는 언제쯤 나타날까? 하는 의문을 품을 때쯤이면 짠! 하고 나타났다.

지난번엔 내가 관심이 있다고 직접적인 표현을 했는데도 한참 있다가 나타났다. 이런 걸 보면 나를 남자로 느끼는 거 같지는 않아서 씁쓸했다.

"뭐겠어요. MU—7 때문이지. 참고로 강 대표님 요청대로 한국 지부가 설치됐어요."

"제가 모사드 한국 지부를 설치해달라고 한 적은 없는 거 같은데……."

"저더러 한국에 머물러 달라고 했잖아요."

"그럼?"

"네. 그거 때문에 한국 지부를 설치해야 했어요. 제가 서울에 머물러 있을 명분이 필요했거든요."

"그런 거였습니까?"

"제 아버지를 설득하려면 어쩔 수 없었어요."

그녀가 아버지를 언급한 건 처음이다.

'아버지?'

아버지가 누구길래 모사드 요원인 소피가 설득까지 해야 했을까?

"그래서 설득이 되던가요?"

"네. 강 대표님 때문이라고 했더니 허락해주셨어요."

"아버지가 절 알아요?"

"제 아버지가 누군지 모르세요?"

내가 모른다고 하니 외려 놀라는 눈치다.

"네."

"어머!"

왜 놀라는 거지?

내가 자기 아버지를 모른다고 하니 그걸 더 놀라워한다.

순간 뭐지? 하는 의문이 생겼지만 금방 해결됐다.

"제가 알았어야 하는 분입니까?"

"당연하죠. 전 강 대표님이 이미 제 뒷조사를 했을 거라고 생각했어요. 그런데 아닌가 보죠?"

"상대에 관심이 생겼다고 뒷조사를 하지는 않습니다. 특히 그 감정이 호감에 가까울 때는요."

"미안해요. 제가 모사드 요원이라 당연히 뒷조사는 했을 줄 알았어요. 그리고 제 아버진 이스라엘에서는 아주 유명한 사람이에요."

"말해 봐요. 아버지가 누군지?"

"제 아버지 이름은 시몬 베네트. 이스라엘 총리세요."

보통은 아닐 거라고 예상했었는데 총리 가문의 딸이라니 생각보다 충격적이다.

'총리 딸이 모사드 요원이라고?'

생각해보니 이건 더 말이 안 된다.

그래도 총리 딸이 모사드 요원이란 생각을 다시 해보니 인상적이긴 했다.

"총리 딸이 위험하게 모사드 요원으로 활동하는 겁니까?"

"안 된다는 법은 없잖아요."

"뭐. 그렇긴 하죠."

"이스라엘 여자들은 생각보다 훨씬 진취적이고 애국심이 많아요. 그리고 전 제가 하는 일에 사명감을 느끼고 있어요."

"이해하긴 어렵지만, 본인의 선택이니 제가 뭐라고 할 건 아니죠."

그녀가 마음에 든다고 해서 하는 일까지 좋아하진 않았다. 그녀가 모사드 요원인 것은 마음에 들지 않는 부분이니까.

"제가 모사드 요원인 것이 마음에 걸리나 보죠?"

"네. 뭐 아니라곤 못하겠네요."

"강 대표님에겐 잘 보여야 할 입장이지만 제가 가진 정체성을 포기할 순 없어요."

"잘 보인다구요?"

"당연하죠. 강 대표님이 WT그룹의 키맨이고 우리 이스라엘은 WT그룹이 가진 기술을 공유하고 싶으니까요."

"저에 대한 호감은 없다는 겁니까?"

"호호! 그건 아니에요. 하지만 WT그룹과 연관시키면 매력이 더 넘치는 걸 어쩌겠어요."

나와 WT그룹을 떨어뜨려 놓고 생각할 수 없다는 건 나도 인정해야 하는 부분이었다. 그래서 꼬투리 잡고 싶지

않았다. 우리가 만나게 된 이유도 내가 WT그룹의 강백
호이기 때문이니까.

"좋습니다. 그럼 데이트는 어때요?"

"저녁 식사라면 좋아요."

"예약은 제가 하죠."

"전 한식도 좋아하고 아무거나 좋으니까 무리하지는
마세요."

한국에 얼마나 있었는지 모르겠는데 벌써 적응을 끝낸
듯했다. 중동 사람에게 한식이 입에 맞으려면 하루 이틀
경험으로는 부족해서다.

"그래도 처음 데이트하는 건데 근사한 레스토랑으로
예약하겠습니다."

"그럼 한 시간만 주세요."

"네. 장소는 문자로 보내드리죠."

"알겠어요."

*   *   *

한 시간 뒤에 만난 그녀는 화려하지 않지만, 고혹적인
드레스를 입고 나타났다. 얼마나 아름다운지 레스토랑
에 앉아 있던 손님들이 눈을 돌릴 정도였다. 덕분에 나에
게도 이목이 집중된 탓에 얼굴이 살짝 붉어졌다.

"아름답군요."

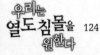

"고마워요."

"근데 그거 알아요?"

"뭘요?"

"한국 스타일은 아니라는 거."

피식!

"그건 알아요?"

"뭘요?"

"데이트하는 날 여자에게 지적하는 남자는 매력 없다는 거."

"아!"

내가 뭘 실수했는지 이제 알았다.

'젠장!'

명색이 첫 데이트인데 모태 솔로처럼 굴다니.

등줄기에 땀이 주르륵 흐르는 느낌마저 들었다.

"호호호! 괜찮아요. 봐 드릴게요. 여기는 한국이고 시작치고 나쁘진 않았으니까."

"다행이네요."

"설마 제가 처음은 아니겠죠?"

"아니에요. 얼마 전에 결혼까지 생각했던 여자가 있었습니다만 서로 맞지 않다는 걸 알고 헤어졌죠."

굳이 숨기고 싶지 않아서 수진에 대해 간단하게라도 말했다. 그렇다고 소피의 과거사를 듣고 싶다는 건 아니었다. 그 점에 대해서 차라리 모르는 것이 낫겠다는 생각이니까.

"처음은 아니라도 강 대표님은 여자를 잘 모르는 거 같아요."

"제가요?"

"네. 여자는 다른 여자 얘기 듣기 싫어하거든요. 저도 마찬가지구요."

"제가 또 실수했군요."

"솔직해서 그런 거니까 용서할게요."

"제가 데이트에 서툴다는 거 인정해야겠네요."

"그럼 우리 잘 아는 얘기를 하죠."

"전 그게 더 좋아요."

데이트라고 해서 일 얘기 하지 말란 법은 없다. 그리고 소피는 내가 WT그룹과 관련된 얘기 하는 걸 더 좋아했다.

"그럴 줄 알았습니다."

"말 나온 김에 한 가지 물어봐도 돼요?"

"그럼요. 제가 알려드릴 수 있는 거면 알려드리겠습니다."

"아만티움에 관한 얘긴데 괜찮아요?"

"그건 상황에 따라 다르니까 일단 말해 봐요."

내가 좋아하는 여자라 해도 아직 서로 교감하는 것은 아니라서 비밀까지 말해 줄 수는 없는 일이다.

뭐, 머지않아 밝혀질 사실이라면 몰라도.

"전 정말 궁금했거든요."

"뭐가요?"

"아만티움이 스피츠베르겐에 있다는 거요."

이미 백악관에서 버트너 대통령에게 말했던 내용을 다시 한번 읊어야 했다.

"그건 북극을 탐사하는 과정에서 우연한 기회에 알게 된 겁니다."

"북극 탐사요?"

"네. 제가 원래 탐사가 전문입니다. 이미 조사해서 알겠지만, 파이티티를 발굴한 것도 아마존을 탐사하다가 밝혀낸 겁니다. 물론 저희에게 훌륭한 탐사 장비가 있어서 가능한 거였지만요."

"탐사 장비요?"

됐다.

그녀의 관심이 아만티움에서 탐사 장비로 옮겨갔다.

의도한 건 아니었는데 아무튼 그렇게 됐다.

"스캔 장비의 일종인데 지하에 동굴에 있는지 정도는 바로 알 수 있습니다. 광산을 찾아내는 일에도 탁월한 성능을 보이니까 언제 소개할 날이 있을 겁니다."

"그렇게 탁월해요?"

"결과가 말해 주잖아요. 파이티티와 아만티움."

"하긴. 하나같이 놀랍긴 하네요. 그러고 보니까 파이티티에 가보고 싶었는데."

"파이티티에 말입니까?"

"네. 듣기만 해도 매력적이잖아요. 아마존 정글에 세상에 존재하는지도 몰랐던 황금도시잖아요. 그런 곳에 휴양지라니 정말 가보고 싶었어요."

"가보고 싶으면 가면 되죠."

모사드 요원이라고 하더니 바쁘게 살았던 모양이다.

그녀의 과거를 알 수 없지만, 파이티티에 가보고 싶다는 말에 그녀의 과거가 녹록치 않았을 거라는 예측 가능했다.

"에이~ 거길 언제 다녀와요. 갔다 오는 데만 4일이 걸리는데."

"가는데 한 시간 정도 걸린다면 어때요?"

"네?"

"한 시간이요."

"말이 안 되잖아요. 한 시간은."

"그래서 만약이라고 하잖아요."

"…으음. 그거야 두말하면 잔소리죠."

파이티티는 점검 차원에서 몇 번 다녀오기는 했어도 쉬러 가지는 않았었다. 동생들에 비해 시간이 많아서 그렇지, 마음 놓고 휴가를 다녀온 적은 없었다.

'내가 잘못한 게 많았었구나.'

생각해보니 수진에게도 시간을 많이 내주지 못했었다. 이젠 그러지 말아야지 하는 생각이 들면서 떠나간 사람에게 미안해졌다. 그러고 나니까 까막수리를 타고 파이티티를 가야 하나, 하는 고민이 들기 시작했다.

"그럼 나가죠."

결정했다.

그녀가 비밀을 지키고 안 지키고는 그다음이다. 그래도 시도는 해봐야 하니까 부탁은 해보기로 했다.

"조금 전에 주문했는데 어딜 가요?"

"가기 전에 하나만 부탁하죠. 오늘 일은 하나부터 열까지 모두 비밀로 할 수 있겠습니까?"

"제 직업이 모사드 요원인데 제가 비밀을 지킨다고 한들 믿을 수 있겠어요?"

"모사드 요원이랑 WT그룹 오너가 아니라 남자 대 여자로 만난 거니까 부탁하는 겁니다."

"좋아요. 오늘은 어떤 일이 일어나든 우리끼리만 아는 비밀로 할게요."

"좋습니다. 그럼 저녁은 다른 곳에서 먹죠."

"네?"

"일단 나한테 맡겨 봐요."

"…으음, 알았어요."

내가 예약한 레스토랑이 마침 호텔에 있는 레스토랑이라서 소피를 데리고 호텔 옥상으로 올라갔다.

"갑자기 옥상은 왜요?"

그녀는 심하게 당황했다.

"조금만 기다려요. 금방 알 수 있으니까. 아! 저기 오네요."

나는 수리에 연락했고, 수리는 까막수리에 탑재된 에어크래프트(미래형 헬기)를 호텔 옥상으로 보냈다.

에어 크래프트는 소음이 100데시벨 정도라 차가 지나가는 정도에 지나지 않아서 집중하지 않으면 다가오는지도 모른다. 더구나 클로킹 상태라 바람 소리로 착각할 정도다.

잠시 뒤 호텔 헬기 착륙장에 모습을 드러낸 에어 크래프트를 보고 소피는 화들짝 놀랐다.

"저, 저거 뭐예요?"

"일단 타요. 가면서 얘기하죠."

"아, 알았어요. 근데 저거 원래부터 저기 있었던 거예요?"

"조금 전에 제가 호출해서 온 겁니다."

"타긴 타겠는데… 나중에 제대로 설명해줘요."

"물론입니다."

에어 크래프트에 탄 소피는 조금 전보다 더 놀랐다.

"조종사는요?"

씨익!

"조종사는 필요 없어요."

"백호 씨! 무슨 말을 하는 거예요."

겪어보면 알게 된다.

현시대에선 상상하기도 힘든 일이겠으나 나에겐 이런 에어 크래프트를 타는 일이 일상이었다.

처음엔 나도 이게 제대로 날 수나 있을까? 하는 생각이 들었지만 이젠 사람이 조종하는 것보다 훨씬 안전하다는 걸 잘 알고 있었다.

"조금 전에 백호 씨라고 했습니까?"

"지금 그게 중요해요?"

"하하하! 무서워하지 말고 즐겨요. 그럼 가볼까요?"

나와 소피가 안전벨트를 매자 에어 크래프트는 가뿐하게 날아올라서 느린 속도로 비행 중인 까막수리 중갑판에 착륙했다.

—환영합니다. 미스 베네트.

"누구죠?"

—저는 수리라고 합니다.

"수리?"

—놀라지 마세요. 전 인공지능이지만 백호님의 파트너입니다.

내가 하라고 하지 않았는데 수리가 알아서 소피랑 인사를 나누었다. 함정이라면 소피가 너무 놀랐다는 거다.

"백호 씨?"

"놀라지 말아요. 발전된 기술을 보고 있는 거니까. 그리고 수리가 소개한 대로 수리는 인공지능입니다."

"후~ 백호 씨가 말하지 않았으면 믿지 않았을 거예요. 말하는 것이 사람 같잖아요."

"생각보다 많이 발전한 인공지능이라고 생각하세요. 그럼 이해하기 쉬울 겁니다. 이 거대한 까막수리도 수리가 모두 관장하니까."

"하늘에 떠 있는 항공모함 같아요."

까막수리는 이미 빠른 속도로 파이티티를 향해 날아가고 있는 중이다.

그러나 소피는 그걸 느끼지 못하고 있었다.

"그렇게 이해하면 빠를 겁니다."

"근데 속도감이 전혀 없는데 움직이고는 있는 거예요?"

"물론입니다. 조금만 기다리면 파이티티에 도착할 테니까."

"네?"

"놀랐어요?"

"당연하죠."

"밥 먹다 말고 갑자기 파이티티라뇨. 말이 안 되잖아요."

"금방 다녀오면 됩니다."

"직항으로 가도 하루 종일 가야 하는 거린데 거길 지금 간단 말이에요?"

소피가 생각하는 상식은 그런 거다. 아무리 빠른 비행

기라도 태평양을 건너는데 최소 12시간은 걸린다는 거
다.

"비밀로 하기로 했으니까 알려드리죠. 아! 오늘 일 비
밀로 하자는 거 잊지 않았죠?"

"그, 그럼요."

"우리가 타고 있는 까막수리의 비행 속도는 마하10 이
상으로 슈퍼 크루징이 가능합니다. 최고 속도로 가면 1
시간 이내에도 파이티티에 도착하는 것이 가능하죠. 아
무튼 배고파도 조금만 참아요. 이미 최고의 식사를 부탁
해 놓았으니까."

"……."

대답이 없다.

아무래도 적지 않은 충격을 받은 듯했다.

"놀랐어요?"

"지금 그 말 믿어야 하는 거죠?"

"물론입니다. 제가 이런 일로 거짓말 할 이유는 없으니
까요."

"맙소사!"

"믿기지 않겠지만 사실입니다. 그리고 아만티움이 발
견되었기에 가능한 일이기도 하구요."

"후~ 뭐가 뭔지 모르겠어요."

하긴, 한꺼번에 받아들이기 어려운 일일 것이다. 어쩌
면 이 사실을 어떻게든 모사드에 알려야겠다는 생각하

고 있는지도 모르겠다.

그렇지 않아도 소피는 머리가 복잡했다.

조국에 충성을 맹세한 모사드 요원으로서 이 사실을 은폐하기 곤란해서다. 그러나 한편으로는 이 사실을 알렸다가는 상대와 관계가 틀어질 거라는 두려움도 가득해서 쉽게 결정 내리기 어려웠다.

"차차 이해가 될 겁니다."

"이런 기체가 하늘을 날아다니는데 노출이 안됐다니 신기해요."

"그런 게 다 기술이죠."

"제가 다 까발리면 어쩌려고?"

"비밀 지켜주기로 했잖아요."

"폭로하면 이스라엘과는 끝나는 건가요?"

"글쎄요. 신뢰가 깨지기는 하겠네요."

"그…렇겠죠?"

그녀는 너무 많은 비밀을 알아버렸다.

＊　＊　＊

파이티티에서의 하룻밤 데이트 때문인지 소피와 부쩍 가까워졌다.

그날 이후 하루가 멀다 하고 그녀를 만났다.

그러는 와중에도 MU—7 대표단은 협약을 맺기 위해

열심이었다.

"널 서울에서 보다니 감회가 새롭구나."

"그러게요. 아버지."

MU—7(신 군사 동맹) 때문에 이스라엘 시몬 베네트 총리가 서울에 와 있었다.

"그래. 강백호 대표는 좀 어떻든."

"뭐가요?"

"관심 있어서 만나는 거 아니었어?"

"그렇긴 한데 제가 아버지께 말씀드린 적은 없잖아요. 설마… 사람 붙여두신 건 아니죠?"

"에이~ 그럴 리가."

"근데 어떻게 아세요?"

"난 네 아버지다. 그런 건 꼭 말해야 아는 건 아니란다."

아버지로서 직감이란 건가?

소피는 아직 부모가 아니라서 이해할 수 없는 뭔가가 있다고만 추측할 뿐이다.

생각해보면 따져 물을 것도 아니라서 그냥 넘어가기로 했다.

"잘 만나고 있으니까 상황 봐서 소개해 드릴게요."

"크흠! 이런 말 하기는 좀 그렇다만 우리에게 MU—7은 아주 중요한 일이다. 그러니 강 대표와 잘 지냈으면 한다."

"정략결혼 같은 걸 원하시는 거예요?"

"그런 말은 섭섭하구나."

"죄송해요."

"아니다. 난 그저 강 대표가 중요한 사람이니 신중하란 의미에서 한 말이니 그렇게 이해해다오."

"그럴게요."

지금 서울에 들어와 있는 지도자급 인사만 열 명이 넘는다.

7개국 동맹이란 타이틀과는 다르게 숫자가 넘쳐나는 이유는 간단했다. 7개국 지도자는 협약 때문에 서울에 들어와 있지만, 그 외에는 어떻게든 동맹에 참여하거나 정 안 되면 방해라도 하려고 그러는 거다.

그렇다고 서울까지 들어와 있는 건 너무한 거 아니냐고 할 수도 있었다. 하지만 급변하는 상황에 따라 빠를 의사 결정을 내리기 위해서라고 보면 빨리 이해할 수 있을 것이다.

"그리고 말이다. 내가 서울에 와서 직접 느껴보니 조금 이상한 점이 있더구나."

"뭐가요?"

"한국 정부는 철저하게 끌려가는 입장이라는 거야."

"한국 정부가요?"

"그래. 보통 군사 기술은 나라에서 주도할 수밖에 없는 구조야. 워낙 많은 자금이 들어가기 때문이지."

"그런데요?"

"한국 정부는 WT그룹이 하는 대로 끌려가는 모양새야."

감추려야 감출 수가 없는 거다.

오세희 회장과 청룡이 하드 캐리로 협약을 이끌어 가다 보니 티가 날 수밖에 없었다. 그래서 베네트 총리도 그 기운을 느낀 거였다.

"어쩌면 우리가 생각했던 것보다 훨씬 더 큰 힘을 가지고 있을지도 몰라요."

비밀을 지키기로 한 소피는 이런 식으로만 힌트 주는 것이 가능했다.

"왜? 뭐라도 알아낸 거냐?"

"아버지! 저 진지하게 만나고 있어요. 그러니까 백호 씨와 관련해서는 절 모사드 요원으로 보지 말아 주세요."

"응?"

놀라는 눈치다.

딸이 이런 말까지 할 줄 몰랐다는 표정이라 소피도 은근히 미안했다.

"저도 결혼해야죠. 설마 백호 씨가 외국인이라 싫은 건 아니죠?"

"그건 상관없다만… 그, 근데 결혼까지 생각하는 거냐?"

딸이 결혼 얘기를 꺼내서 그런지 아버지 입장에서 베네트 총리는 심히 당황했다. 지금 베네트 총리의 모습은 이 세상 모든 아버지와 다름없었다.

"아직은 아니지만, 가능성은 열어두고 있어요."

"정말이냐?"

"네. 맞아요."

"그렇게까지 생각하는 줄은 몰랐구나."

"저도 아직은 잘 모르겠어요. 하지만 알아가고 싶은 남자인 건 맞아요."

"무슨 말인지 알았다."

가지가지

"요즘 왜 이러지?"

"그러게 말입니다. 아주 골치 아파 죽겠습니다."

"오늘은 얼마나 돼?"

"어제보다 더 늘었습니다."

인천 해양 경찰청은 모니터에 빼곡하게 나타난 점들을 보고는 눈살을 찌푸렸다.

요즘 들어 서해상에 부쩍 늘어난 중국 어선 때문이었다. 숫자가 하나둘 늘어나기 시작하더니 요 근래엔 5백여 척을 넘어서고 있었다. 그런데 오늘은 이전보다 훨씬 더 많은 어선들이 나타난 거다.

지금 서해는 대하 철이라 우리 어선들에겐 1년에 한 번 있는 아주 중요한 시기였다. 그런데 중국 어선들이 황금 어장을 망쳐 놓고 있었다.

　이놈들이 문제가 되는 건 적당이란 걸 모르기 때문이다. 물고기란 물고기는 치어까지 싹 쓸어간다는 것이 문제였다. 그래서 해양 경찰이 막고 단속을 시도하고는 있으나 의외로 강력하게 저항해서 부상자가 속출했다.

　"지들 바다에서 잡을 것이지 왜 우리 영해까지 들어와서 지랄들이지?"

　"그나저나 오늘 또 부상자가 나오면 어쩌죠?"

　"나도 걱정이다. 그래도 어쩌겠냐. 할 일은 해야지."

　목소리에 걱정이 가득 묻어 있었다. 워낙 강렬하게 저항하는 중국 선원들 때문에 이번 달만 해도 부상자가 벌써 다섯 명이다.

　"김 경위님! 오늘 태극 11호 탑승하시죠?"

　"그래."

　"조심하세요. 적당히 몸 사리시구요."

　"고맙다."

　중국 어선은 밤이 되면 더 기승을 부린다.

　그래서 중국 어선을 단속하는 일은 더 위험하고 아찔했다.

　"그럼 수고하십시오."

　"그래. 무사히 다녀오마."

김 경위는 자신이 탑승할 태극 11호를 바라보면서 한숨을 내쉬었다.

　'후~ 오늘은 또 얼마나 힘든 밤이 되려나?'

　격렬하게 저항하는 중국 선원을 상대하다 보면 자기가 경찰인지 조폭인지 헷갈릴 정도였다.

　해가 넘어가고 날이 어둑해지자 태극 11호는 정박지에서 벗어나 서서히 먼 바다로 향했다. 승조원들 모두 걱정이 많은지 얼굴에는 수심이 가득했다.

　"오늘은 또 얼마나 난리를 필까요?"

　"그러니까 다들 조심하자고."

　"네. 그래야죠."

　청에 있으나 함정에 있으나 다들 걱정하는 소리뿐이다.

　경찰이라는 사명감에 중국 어선을 단속했다. 하지만 다치는 동료들이 속출하며 이대로 해양 경찰 일을 해도 되나 하는 회의감이 들었다. 피해의식까지 더해져 멘탈도 흔들리고 있었다.

　고작 30분을 나왔을 뿐인데 벌써 중국 어선들이 빽빽하게 바다를 메우고 있다. 우리 어선들은 그놈들이 겁나서 황금어장에 들어가지도 못하고 전전긍긍하고 있다.

　"자. 시작해 보자고."

　"어?"

　"왜 그래?"

"저기 좀 보십시오."

조금 멀리 있지만 뻥! 뻥! 하는 소리가 들리더니 대부분의 중국 어선에서 검은 연기가 피어올랐다.

"김 경위님! 저기!"

"응?"

"저기요. 저기."

항상 붙어 다니는 황 경장이 가리키는 곳을 보니 작은 비행 물체들이 중국 어선들을 향해 내리꽂히고 있었다.

누가 봐도 공격하는 모양새라 태극 11호에 타고 있는 해양 경찰들은 도대체 무슨 상황인지 이해할 수가 없었다.

"저건 뭐냐?"

"요즘 TV에 자주 나오던데… 뭐더라? 아! 드론!"

"드론이라고?"

"네. 틀림없습니다."

"저거 우리 함정에서 보낸 건 아니지?"

"당연하죠. 테이저건 신청해도 한 세월인데 드론이 웬 말입니까?"

"그럼 저거 누가 하는 거지?"

"제가 알기로 우리나라에서 드론을 저렇게 날릴 수 있는 곳은 WT그룹뿐이지 말입니다."

"WT그룹?"

"네."

TV에서 하도 떠들어대니 드론 하면 WT그룹이 떠오르는 거다. 그래서 그런지 어쩌면 WT그룹이 해양 경찰을 위해서 나서준 것이 아닌가 하고 추측하기 시작했다.

"저놈들 표류하는 거 같은데요?"

"나도 보고 있어."

수백 척의 중국 어선들이 검은 연기를 뿜어내면서 방향을 잃고 해류에 떠밀려가기 시작했다.

"아무래도 저 연기가 기관 고장에 의한 것 같습니다."

"드론이 기관을 공격한 모양인데 그게 가능한 거야?"

"전들 알겠습니까?"

"아, 그렇지. 미안하다. 황 경장."

"미안할 것까지는 없는데, 어쩌죠?"

"뭘?"

"저 많은 어선들이 표류하고 있는데 선원들 구조는 어떻게 하죠?"

"구, 구조?"

난감한 일이다.

한두 척도 아니고 수백 척이 넘는다.

인천 해양 경찰이 전부 나서도 저 많은 어선을 구조하는 일은 불가능에 가까웠다.

설사 구조해서 인천으로 예인한다고 해도 문제다.

저 많은 어선에 타고 있는 선원들을 먹이고 재우는 것도 보통 일은 아니어서다.

"우선 보고부터 하시죠."

"그래야지."

* * *

서해상에서 일어난 일은 내가 저지른 일이다.

연일 경찰이 다쳤다는 뉴스가 보도되는데 화가 나서 저지른 일이다.

처음엔 경고 정도만 하려고 했는데 막상 서해상에 나가보니 수두룩 **빽빽**하게 서해를 메우고 있었다. 그래서 원반 드론 천여 대를 출동시켜 중국 어선 엔진을 망가트리게 했다. 그랬더니 어선들이 표류하기 시작했고, 표류하는 어선들을 구하기 위해서 한국 어선들이 나서는 진풍경이 벌어졌다.

중국에서는 한국 해양 경찰이 자기네 어선을 향해 공격했다면서 길길이 날뛰었다. 하지만 장소가 우리나라 영해인지라 조금 떠들더니 주한 중국 대사가 나를 찾아왔다.

"이렇게 뵙게 되네요."

"그런데 왜 저를 만나자고 하신 겁니까?"

중국 어선들을 공격한 것은 나지만 내가 했다고 밝힐 수는 없는 노릇이다. 그래서 시치미를 떼고 왜 날 찾아왔냐고 물어보았다.

"하하하! 그걸 몰라서 물으십니까?"

"모르니까 묻는 거 아니겠습니까? 설사 일이 있다고 해도 제가 아니라 청와대를 찾아갔어야 하는 거 아닙니까?"

"그냥 온 것이 아니라 저도 노력한 끝에 돌아돌아 강 대표님에게 온 겁니다."

"좋습니다. 이왕 이렇게 만났으니 무슨 일이지 말씀해 보시죠."

"서해에서 벌어진 일. 강 대표님에게 책임이 있다고 생각합니다."

"제가요?"

뜬금없기가 자다가 봉창 두들기는 수준이다. 확실한 증거도 없이 서해에서 일어난 일을 나더러 책임지란다.

'증거가 없을 텐데 왜 이러지?'

갑자기 일어난 일이고 허접한 중국 어선에 촬영 장치가 있을 리 없다. 그렇다면 나를 시험하기 위해서 온 것이 분명했다.

"벌떼 같은 드론이 나타나서 어선 내부에 있는 기관에 달라붙어 폭발했다는데 현시점에서 이런 일이 가능한 곳은 WT그룹 말고는 없다는 것이 제 결론입니다만."

"하하하! 대사님은 뜬구름 잡는 얘기만 하시네요. 전 모르는 얘기니까 피해보상을 원한다면 증거를 가져오세요."

"증거요?"

"네. 증거라고 했습니다."

"수많은 목격자가 있는데 따로 증거가 필요할까요?"

"목격자요?"

"네. 목격자요. 어선에 타고 있던 많은 선원들이 목격자가 아니겠습니까?"

"중국 선원이 목격자라고 한들 누가 믿어주겠습니까? 보다 확실한 증거를 제시해야 할 겁니다."

중국 대사는 당황했다.

딴에는 내가 설설 길 줄 알았던 모양인데 내가 증거를 가져오라면서 대차게 나오니 어쩔 줄 몰라 했다.

"허어… 적잖이 당황스럽군요. 그렇게 작은 드론을 움직일 만한 기술을 가진 기업은 WT그룹이 유일한데 아니라고 우기면 끝나는 겁니까?"

"갑론을박해 봐야 서로 피곤하기만 하니까 증거를 가져오세요."

"이거 보세요. 소국이 대국에 저항해봤자 입니다. 결국엔 사과할 거면서 이럴 겁니까?"

"소국이요?"

"그럼요. 중국에 비하면 한국은 한 줌밖에 안 되는 땅을 가진 나란데 이렇게 버틴다고 뭐가 달라진답니까?"

대국이 어쩌고 소국이 어쩌고 하니 화가 났다. 하지만 일부러 웃었다.

"뭔가 착각을 하는 모양인데 전 한국인이 아닙니다."

"그게 무슨 소립니까?"

"제 국적은 미국이란 말입니다. 한국과 미국에서 사업을 할 뿐 제 국적은 미국이니 대사님이 대국 운운하는 것은 이치에 맞지 않는다는 겁니다."

내 국적이 미국인지 모르진 않을 것이다. 그런데도 한국인 운운하는 건 뭘까?

"난 또 무슨 소리라고. 하하하! 저도 그건 압니다. 하지만 강 대표가 하는 일 모두가 한국에만 이로운데 국적만 미국이라고 해서 누가 그걸 곧이곧대로 믿겠습니까?"

"아무튼 제가 책임질 일도 아닌 듯하니 청와대에 항의하시는 것이 맞는 듯합니다."

"그러지 말고 쉽게 갑시다."

"쉽게요?"

"그렇습니다. 우리 중국을 MU—7에 포함해 달라는 거 아닙니다. 한국과 중국이 새로운 동맹을 맺으면 되는 거 아니겠습니까?"

무슨 뚱딴지같은 소릴까?

고작 중국 대사 정도 되는 사람을 보내서 한국과 중국이 따로 동맹을 맺자는 거다. 그것도 청와대를 찾아가서 주장하는 것도 아니고 민간인 신분인 나를 찾아와서 말이다.

'이 양반 미친 거 아닐까?'

맥락은 이해하겠는데 날 찾아와서 할 말은 아니었다.

내겐 중국 대사가 주장하는 안건을 수락하고 말고 할 권한이 없으니까.

"무슨 소린지 모르겠군요."

"이거 왜 이러십니까? 강 대표가 WT그룹 키맨이라는 거 알 사람은 모두 아는데."

"부인하지 않겠습니다만 대사님이 제게 이런 말을 해도 되는 건 아닙니다."

"빡빡하게 굴지 말고 강 대표가 잘 설득해 주면 좋겠는데……."

"누구를 말입니까?"

"누구겠어요. 청와대 주인이지."

"대사님. 이해하려고 해도 자꾸 이러시니 답답해서 말씀드리는데 저한테 할 말이 아닌 듯합니다."

이래서 중국을 천년의 적이라고 하나 보다.

자기네한테 필요하면 살살 구슬리고 아니다 싶으면 찍어 누르니 말이다.

'이걸 확! 죽일까?'

따귀라도 한 대 때리고 싶은데 차마 그럴 순 없어서 욱하는 감정을 다스리려고 노력했다.

"이러면 재미없는데 말이에요."

"뭐가요?"

"한국이 중국 시장을 잃어도 좋습니까?"

"그걸 왜 저한테 따지는지 모르겠네요. 그리고 한국에는 중국 시장만 있는 거 아닙니다. 다 변화하면 그만이니까요. 정확하게 말씀드리면 중국은 생각하지도 않고 있으니까 그만 가보세요."

"이러면 후회하게 될 겁니다."

"마음대로 하세요. 전 제 마음대로 할 거니까. 참고로 증거가 생기면 언제든 다시 오시구요. 대신 아무것도 아닌 일로 귀찮게 하면 저도 가만있지는 않을 겁니다."

"지금 협박하는 겁니까?"

"에이~ 협박은 무슨. 참! 신장 위구르가 독립하기 직전이라던데 그쪽에 신경 쓰는 것이 낫지 않을까요?"

부르르!

눈에 띄게 부르르 떠는 것을 보면 어지간히 분한 모양이다.

그러게 왜 가만있는 나를 건드리냔 말이야.

"…어디 두고 보자고."

"얼마든지요."

중국 대사는 으드득 소리가 날 정도로 이를 악물고 사라졌다.

"으이그~ 지랄도 가지가지다."

정말이지 욕밖에 안 나온다.

　서해에서 대규모 표류 사건이 일어난 뒤에 한동안 잠잠
하긴 했다. 하지만 보름 정도 지나서는 다시 중국 어선이
늘어나기 시작했다. 정확히 657척의 어선이 표류해서
겨우 해결했는데 또다시 황금어장을 노리고 몰려든 것
이다.

　"이것들이 정말 정신을 못 차리네."

　호텔 로비에 앉아서 뉴스를 보다가 나도 모르게 나온
말이다.

　"뭐가요?"

　"아! 아니에요."

　소피를 기다리고 있었는데 오다가 혼잣말하는 것을 들
었나 보다.

　"그거 중국 어선 말하는 거죠?"

　"눈치챘어요?"

　"백호 씨가 그런 말 할 상대가 지금은 저쪽밖에 없잖아
요."

　"그게 보입니까?"

　"지금 나오는 뉴스도 그렇고 상황이 딱 그렇잖아요."

　"그건 그거고 이만 갈까요?"

　"오늘은 어디 가는 거예요?"

"말만 해요. 어디든 갈 수 있으니까."

그녀를 호텔 로비에서 기다리는 이유는 아직 집을 구하지 못해서다.

한국 지부에서 일한다면서 아직 집도 구하지 못한 것을 보면 언뜻 이상한 생각이 들기도 했지만, 사정이 있겠거니 했다.

"오늘 제 옷차림 보면 뭐 생각나는 거 없어요?"

그러고 보니 요즘 날씨에 비해 옷차림이 상당히 두텁다.

'설마?'

순간 스피츠베르겐 섬의 아틀란 시티가 생각나기는 했는데 거길 가자는 건가?

혹시나 몰라서 말해 본다.

"스피츠베르겐?"

"빙고!"

"거긴 왜?"

"파이티티는 가봤으니까 아틀란 시티가 어떤지도 보고 싶어서요. 싫어요?"

"아, 아닙니다. 보고 싶다면 봐야죠."

소피가 아틀란 시티를 들먹인 바람에 까막수리는 우리를 태우고 아틀란 시티로 향했다. 덕분에 호들갑 떠는 현무를 상대해야 했다.

"대장!"

"혀…현무야."

"아니 이 미인은 누구?"

"인사해라. 소피 베네트라고 내가 만나는 분이시다."

"오 마이 갓! 리얼리?"

이 자식이 갑자기 영어를 하고 난리지?

어째 불안 불안한 것이 딱! 사고 칠 각이다.

그러나 이미 와 버렸으니 피할 방도가 없다는 것이 함정이다.

"현무야? 정신 차려야지?"

"내가 이럴 때가 아니지. 소피?"

"반가워요. 현무 씨!"

"반갑습니다. 형수님!"

"혀, 형수가 뭐예요?"

이럴 줄 알았다.

어쩐지 여기는 피하고 싶더라니…….

이놈의 자식. 다음에 오면 혼쭐을 내줘야지 하면서도 얼굴은 웃고 있었다. 표정 관리가 이렇게 어려운 건지 이날 처음 알았다.

"하하하! 그런 게 있습니다. 소피는 몰라도 돼요."

"그러지 말고 말해줘요."

"후~ 그게 그러니까 형하고 결혼한 여자를 형수라고 부릅니다."

"호호호! 재밌네요,"

"재밌다니 다행이네요."

내 표정을 보고 눈치를 살피던 현무가 생글생글 웃으면서 다가왔다.

"헤헤! 대장! 거봐요. 재밌다잖아요."

겁먹기는 했나 보다. 안 하던 존대를 다 하고 말이다.

'으이그~ 이놈을 죽여? 말어?'

한국 여자라면 농담인지 알고 넘어가겠지만, 한국 문화를 잘 모르는 소피에겐 엄연한 실수가 될 수 있는 일이다.

"그만 까불고 근사한 저녁이나 내와 봐."

"잠깐만 기다려. 금방 가져올게. 대장!"

현무가 가져온 저녁 식사는 환상적이었다.

낚시로 낚았다는데 이름도 모를 생선 스테이크를 근사하게 내와서는 맛을 보라는데 정말 처음 맛보는 맛이었다.

아틀란 시티를 보고 싶다고 하길래 아만티움에 대해서 한마디쯤 할 줄 알았는데 단 한마디도 꺼내지 않았다.

북극에서 하루는 환상적이었다.

그리고 처음으로 밤을 같이 보냈는데 아무래도 이건 현무에게 두고두고 놀림 받을 것 같았다.

* * *

"선장님! 정말 나가실 겁니까?"

"왜? 겁나냐?"

"소문 쫘~악 돌았는데 모르십니까?"

"나가기만 하면 표류한다는 그 소문?"

"네. 선장님!"

류페이 선장은 나가기 싫어도 어쩔 수 없이 나가야 했다.

아침 일찍 공안이 찾아와서는 조업을 나가지 않으면 각오하라는 협박을 받은 것이다. 그래서 무슨 일이 있어서 출항해야 했다. 그런데 선원들은 속도 모르고 난리였다.

"그래도 가야 해."

"호…혹시 협박받으셨습니까?"

"그래. 나가도 죽고 안 나가도 죽는다면 말이라도 들어야지. 안 그러냐?"

"…어쩔 수 없겠네요."

"맞아. 그러니까 갑판장이 선원들 잘 다독이도록 해."

"알겠습니다."

류페이 선장은 불안해하는 선원들을 달래서 출항했다. 미리 연대하기로 한 선장들과 똘똘 뭉쳐서 움직였다.

"선장님, 목적지에 도착했습니다."

"어째 분위기가 으스스하지 않아?"

"그러게요. 해무까지 진득하게 끼어서 뭐가 오는지도 모르겠습니다."

"젠장! 일단 분위기 봐서 선단이 어떻게 움직이는지 보자고."

"알겠습니다."

탕! 탕! 탕!

드르르륵—

타타타타타!

분위기가 으스스하다 했더니 가까운 곳에서 총소리가 들려왔다.

"서…선장님! 이거 뭡니까?"

"초, 초, 총소리야. 빌어먹을…….."

해무 때문에 잘 보이질 않아서 그렇지, 가까운 곳에서 치열한 총격전이 벌어지고 있었다. 게다가 피할 곳이 없다는 것을 알려주기라도 하려는 듯 선체에 총알이 박혔다.

퍽! 퍽! 퍽!

피잉!

"크윽!"

"갑판장!"

갑판장이 총에 맞더니 피가 꾸역꾸역 흘러나온다.

"서…선…자…….."

털썩!

"갑판장!"

생사고락을 같이했던 갑판장이 불귀의 객이 되고 말았다.

그런데 갑자기 이게 무슨 일일까?

서해상에서 갑자기 총격전이 벌어지더니 다음날 중국 언론이 대대적으로 떠들어 댔다. 한국 해양 경찰이 자기네 선원들을 무차별적으로 총격을 가했다는 거다. 그러면서 학살자란 표현을 사용했다.

한국 해양 경찰을 학살자라고 난리를 피우니 당연히 한국 언론들도 난리가 났다.

때아닌 진실 공방이 벌어진 것이다.

"이거 어떻게 된 겁니까?"

대통령의 진노에 청와대 기왓장이 들썩거렸다.

"대통령님! 우리 해양 경찰이 총격을 가하다니요. 절대 아닙니다."

"그럼 중국 언론들이 왜 저러는 겁니까?"

"이런 말씀 드리기 뭐하지만 아무래도 자작극이 아닌가 싶습니다."

"자작극?"

"네. 그렇습니다. 제가 몇 번이나 확인했는데 절대 총격을 가하는 일은 없었다고 보고 받았습니다."

박기동 비서실장은 확신했다.

이미 여러 번 확인했고, 지청장에게도 따로 보고까지 받았다.

그래서 확신을 갖고 보고하는 거였다.

"확실한 거지?"

"네. 대통령님!"

"그럼 대변인과 상의해서 확실하게 반박하도록 해."

"알겠습니다. 대통령님."

"그리고 강백호 대표에게 연락해서 나 좀 보자고 해요."

"갑자기 강 대표는 왜 그러십니까?"

"어찌 됐든 해결을 해야 할 거 아닌가?"

"드론 때문에 그러십니까?"

"중국 대사가 하는 말 들었잖은가. 드론을 목격한 선원들이 많다는데 그 말이 사실이라면 그런 일을 벌일 사람은 강백호 대표밖에 없으니까."

김재민 대통령도 추측할 수 있을 정도로 드론 하면 WT그룹이었다. 그리고 조금 더 깊숙이 들어가면 나를 떠올리는 것이 가능했다.

"알겠습니다."

그리고 나서 두 시간 후 나는 청와대에 와 있었다.

"강 대표, 오랜만이에요."

"한 달밖에 안 됐습니다."

"하하하! 그런가?"

"그런데 오늘은 무슨 일로?"

"강 대표, 이왕 시작한 거 끝을 봅시다."

"무슨 말씀이신지?"

알쏭달쏭한 말을 하는데 왜 서해에서 일어난 일이 떠오르는 걸까?

 아닌 게 아니라 대통령은 그 얘기를 꺼냈다.

 "서해상에서 있었던 중국 어선 표류 사건을 말하는 겁니다."

 "제가 했다고 생각하십니까?"

 "우리 솔직해집시다."

 "솔직해지자고요?"

 "그래요. 그리고 질책하려고 그러는 거 아닙니다. 더 큰 판을 벌여보자는 말을 하려고 만나자고 한 겁니다."

 "더 큰 판을 말입니까?"

 "그래요. 더 큰 판! 이왕 시작된 거 다시는 우리 영해를 침범하지 못하도록 혼쭐을 내주세요."

 언론에서 학살자라고 떠드는 통에 한바탕 난리가 날 줄 알았는데 맺힌 것이 많았던 모양이다.

 "정말 그걸 원하십니까?"

 "물론입니다. 저들은 우리 해양 경찰을 학살자라고 떠들어댑니다. 하지만 우리가 조사한 바로는 자작극이 유력하다고 하더군요."

 "저도 그렇게 생각하고 있었습니다. 우리 해양 경찰이 그렇게 무식한 일을 벌일 이유가 없으니까요."

 "그래서 부탁드리는 겁니다. 이왕이면 화끈하게 갑시다."

 "화끈하게요?"

"네. 화끈하게. 표류 정도가 아니라 침몰은 어떻습니까?"

"정말 학살자가 되자는 겁니까?"

"하하하! 그 정도까지는 아닙니다. 허우적대기는 하겠지만 구출은 해줘야겠지요."

중국 어선들이 엄두도 내지 못하게 불법으로 조업하는 어선들을 모조리 수장시키자는 거다. 미리 준비했다가 구출하자고는 하지만 어쩔 수 없이 실종되는 선원이 적지 않을 것이다. 그때는 정말 학살자가 되는 건데 대통령은 지금 그걸 하자는 거다.

"아무리 대비를 해도 밤바다는 위험합니다. 어선들을 침몰시키다 보면 생각보다 훨씬 많은 희생자가 나올 것이 뻔한데 그걸 추진하자는 겁니까?"

"저들은 이미 우리 해양 경찰을 학살자라 부르고 있어요. 억울해서라도 그냥은 못 넘어가겠는데 나보다 더 좋은 생각이 있다면 말해보세요."

"차라리 더 원초적으로 접근해 보면 어떨까요?"

"원초적으로?"

"네. 대통령님."

"말해보세요. 어떤 원초적인 방법을 말하는 건지?"

"출항하기 전에 모두 침몰시켜버리는 겁니다. 지네 앞마당에서 벌어지는 일이니 우리더러 학살자니 뭐니 떠들어대지 못할 겁니다."

"하지만 드론을 목격하게 될 겁니다. 항구에 정박 중인 어선을 건드리면 어딘가에서 촬영이 될지도 모르구요."

"그건 염려하지 않으셔도 될 겁니다. 공격하기 전에 EMP탄을 터트려서 촬영은 엄두도 내지 못하도록 만들 테니까요."

오백 척이든 천 척이든 모조리 수장시켜 버리면 된다. 항구에서 출항하기 전이라 침몰하더라도 선원들이 바다에 빠져 죽지는 않을 것이다.

"그게 좋겠군요. 다시는 바다에 나오지 못하도록 만들어 주세요. 부탁합니다."

"대통령님께 부탁까지 받았으니 제대로 해야겠네요. 기대하셔도 좋습니다."

"하하하! 부푼 마음으로 기다려 보죠."

일본 해상 자위대 함정 3분의 2를 EMP로 항해 불능으로 만들었는데, 이젠 중국에 한 방 먹여줄 때가 된 듯했다. 분수를 모르고 까불어대는 걸 보면 가만있으려고 해도 가만있을 수가 없게 된 것이다.

대통령은 드론을 이용할 거라 생각했지만 이번엔 다른 방법을 쓸 생각이다.

무슨 방법이냐고?

천벌!

내가 생각하고 있는 방법은 바로 천벌이다.

하늘에서 떨어지는 번개가 질서를 어지럽히는 중국 어선들을 보기 좋게 박살내는 것이다.

그래서 비 오는 날을 기다렸다가 번개와 다를 바 없는 플라즈마 포를 아낌없이 선사해 주었다.

내가 침몰시킨 어선만 해도 어림잡아 1,200척은 넘을 듯했다. 그랬더니 학살자니 뭐니 하는 말은 쏙 들어가고 신벌이 내렸느니 뭐니 하면서 기이한 일이 일어났다고들 떠들어댔다.

플라즈마 포는 아직 어디에도 공개되지 않은 무기라 중국도 우리와 연관 짓지는 못했다.

심증만 있을 뿐 물증이 없다는 말이 딱 이런 경우다.

한국, 중국, 일본 이렇게 세 나라 사이에 무슨 일이 벌어지면 늘 진실 공방이 벌어진다.

이번에도 마찬가지였다.

하늘에서 번개가 몰아쳐서 수많은 어선들이 수장 되었는데, 이걸 두고도 한국 때문이라고 억지를 부렸다.

엄밀히 따지면 한국 때문이 아니라 나 때문이다.

그런데 이럴 때 보면 한국 보수 언론들이 쏟아내는 기사에서 느껴지는 논조가 참 묘하다.

[이젠 화합의 시대로 나아갈 때.]

[도대체 언제까지 갈등을 조장할 것인가?]

[생산적인 미래는 언제쯤…….]

[WT그룹 과연 무죄인가?]

[거대한 대륙이 가진 시장을 잃을 것인가?]

[WT그룹은 독재자.]

영 마음에 들지 않았다.

도대체가 한국 언론인지 중국이나 일본에서 투자받은 언론인지 분간이 안 갈 정도로 WT그룹에 비판적이다.

미국 기업이고, 미국인이면서도 핏줄을 생각해서 한국에 막대한 투자와 기술 공유를 하고 있었다. 그런데 이런 식이라면 내가 이럴 필요가 있을까? 하는 회의감마저 들 정도다.

그래서 대통령을 찾아갔다.

"강 대표가 먼저 연락을 다 하고 별일이군요."

"긴히 말씀드릴 일이 있어서요."

"뭐든 말해 봐요."

"대통령님, 제가 요청할 것이 하나 있습니다."

"무슨 일인데 이렇게 뜸을 들입니까? 난 괜찮으니 시원하게 말해 봐요."

"최근에 보수 언론들이 가관이더군요. 솔직히 말해서 이런 식이라면 저와 WT그룹이 한국에 남아 있을 이유가 없습니다."

"허……."

철수할 수도 있다는 말을 꺼내니 어안이 벙벙한지 동공에 지진 온 듯했다.

언론은 언제나 국민의 알 권리 어쩌고 하면서 떠들어

대는데 그들의 논조가 과연 국민의 알 권리를 위한 것인지 되짚어 볼 때였다.

"갑작스럽겠지만 이참에 언론 개혁을 하시죠."

"어, 언론 개혁?"

"네. 언론 개혁이라고 했습니다. 국민의 뜻과는 반대되는 언론이 과연 필요할까요?"

"하지만 조금만 손을 대도 언론 탄압이라고 주장할 거예요. 그리고 시기상 언론을 건드리기가 조심스럽습니다."

대통령은 언론과 떼려야 뗄 수 없는 사이다. 그리고 서서히 레임덕이 시작되는 타이밍이라 언론과의 싸움은 남은 정치 생명에 호흡기를 떼버리는 일일지도 모른다.

벌벌 떨고 있지는 않아도 겁내는 것이 눈에 보였다.

"그럼 제가 떠날까요?"

"네?"

"제가 떠난다는 말이 어떤 의미인지 잘 아실 겁니다. 그렇게 되면 MU—7 역시 유명무실해지겠죠. 한국 대신 프랑스를 포함해도 좋을 듯하구요."

"너무 극단적인 거 아닙니까?"

"한국이 한 단계 더 도약하려면 정리할 건 정리해야 한다는 겁니다. 언제까지 그들이 무소불위의 권력을 휘두르게 할 겁니까?"

언론이라는 이유로 그들이 누려왔던 권력은 난공불락

이었다. 그래서 감히 건드릴 생각 자체를 못했던 것이고. 결국 그들은 스스로를 지배층이라 참칭하며 안하무인이 되었다.

"…으음."

"제가 떠나면 철저하게 한국을 외면할 겁니다. 그래도 고민되십니까?"

대략 난감이라고나 할까?

대통령은 아는지 모르겠다. 지금 잔뜩 찌푸리고 있어서 싫은 내색을 제대로 내고 있었다. 하지만 말을 꺼낸 이상 절대 포기할 수 없었다.

"그렇게까지 각오했다면 물러날 곳이 없군요."

"들춰내질 않아서 그렇지 어떤 집단보다 적폐가 심한 곳이니 이참에 확실히 개혁해야 하지 않겠습니까?"

"무슨 말인지 알겠으니 오늘은 이만 돌아가세요."

"기대 하겠습니다. 대통령님."

진호태

　한국에서 보수를 대표하는 언론이 회자되면 이 사람을 빼놓을 수가 없다.

　그 이름은 바로 진호태.

　한때 언론으로 태어난 기린아로 불리던 그다.

　그러나 욕심은 탐욕을 낳고, 탐욕은 대한민국 정치인을 자기 발아래 두고 싶다는 야욕을 낳았다.

　"청와대라……."

　"왜 그러세요?"

　"아니다. 오랜만이라서 그런다."

　"김재민 대통령이 갑자기 아버지를 부른 이유가 궁금

합니다."

"글쎄다. 워낙 갑작스러워서 나도 짐작하기가 어렵구나."

진호태 아버지가 주진일보를 창업했다면, 진호태는 주진일보를 반석 위에 올려놓았다. 그리고 진호태 회장의 아들 진영호는 금수저로 태어나, 대한민국을 보수 언론 아래에 두고 군림하라는 교육을 받고 자랐다.

진호태는 허리를 꼿꼿이 세우고 청와대에 들어섰다.

"안녕하십니까, 대통령님!"

인사를 했는지도 모를 만큼 살짝 고개를 숙이고는 일어섰다.

"청와대에서는 처음이군요. 어서 오십시오. 칼국수나 같이 먹었으면 해서 연락드렸습니다."

"허허허! 감사하군요."

대통령씩이나 되는 사람이 아무 일도 없이 괜히 불렀을 리는 없었다. 하지만 따져 물을 상황은 아니라서 너털웃음으로 넘겼다.

칼국수가 나오고 먹는 동안에는 잡다한 이야기가 오갔다. 그야말로 상위 1%만이 나눌 수 있는 그런 대화들 말이다.

"칼국수도 다 먹었는데 이제 왜 저를 보자고 하셨는지 말씀해 보시죠."

"부탁드릴 것이 있어서 모셨습니다."

"내내 기다리고 있었습니다. 말씀해 보시죠."

진호태는 대통령이 부탁이란 말을 하는 걸 듣고는 순간적으로 '그럼 그렇지.' 하고 생각했다.

그런데 정작 대통령의 입에서 나온 말은 전혀 다른 의미를 지닌 말이었다.

"WT그룹에 대한 공격 멈춰주셨으면 합니다."

"네?"

뜻밖의 말이라 그런지 얼른 알아듣지를 못했다.

"언제고 한 번은 뵙고 말씀드리고 싶었는데 주진일보가 왜 친일, 친중적인 기사를 쏟아내는지 이해를 할 수 없어서 말입니다."

"언론 탄압이라도 하시겠다는 겁니까?"

"정확히는 중재하는 겁니다."

"중재라면 제가 모르는 적이라도 있다는 겁니까?"

"있더군요. 그것도 회장님에겐 아주 강력한 적입니다."

모호한 표정을 짓는다.

'나에게 나도 모르는 적이 있다고?'

진호태 회장은 속으로 그리 생각하고 있었다. 그러나 아무리 생각해도 머릿속에 떠오르는 인물이 없다.

"전 잘 모르겠는데 그게 누군지 여쭤봐도 되겠습니까?"

"강백호 대표라고 아십니까?"

"WT그룹의 실질적인 오너라던 그 친구 말씀하시는 겁니까?"

"그렇습니다. WT그룹의 실질적인 주인이기도 하지만 대한민국 미래를 위한 방위사업단의 특수 고문이기도 합니다."

이건 대중에겐 알려지지 않은 사실이다.

민간인 신분에다 국적은 미국이라 자칫 오해라도 하는 날엔 심각한 구설수에 오를 수 있어서였다. 그럼에도 밝히는 이유는 국력 낭비를 막으려는 의도에서다.

"그 사람과 제가 싸우기라도 했습니까? 왜 중재라는 표현을 사용하십니까?"

"주진일보가 WT그룹에 대한 악의적인 기사를 쏟아내는데 전쟁은 시간문제 아니겠습니까?"

"그걸 대통령님이 나서서 중재할 정돕니까?"

"저도 그러고 싶진 않은데 그럴 수밖에 없네요. 강백호 대표가 절 찾아와서는 중재를 부탁하길래 저도 어쩔 수 없이 나서는 겁니다."

"WT그룹에 부정적인 기사 몇 줄 나갔다고 그런답니까?"

진호태 회장 목소리가 커졌다.

자기네 안방도 아니고 대통령이 그보다 나이도 어리지 않았다. 그런데도 자기네 안방처럼 행동하다니.

이건 대통령 따위는 안중에도 없다는 것처럼 보이기에

 172

충분했다.

"부정적인 기사가 문제가 아니라 있지도 않은 사실을 사실처럼 말하고 일본과 기술 공유를 해야 한다거나 심지어 MU—7에 일본을 포함해야 한다는 논조가 문제인 겁니다."

다른 사람 핑계를 대기는 했어도 이 부분은 대통령 또한 불만을 가지고 있었다.

그리고 지금 진호태 회장 태도는 김재민 대통령을 당황하게 만들었다.

"그러니까 그게 왜 문제라는 겁니까?"

"문제가 아니라는 건가요?"

"당연하지 않습니까? 전 기자들이 어떤 기사를 쓰든 방해하거나 개입하지 않습니다. 그러니 이건 명백한 언론 탄압입니다."

거짓을 사실처럼 말하면서 하늘을 우러러 한 점 부끄럼이 없는 사람 같다.

김재민은 점점 더 언짢아졌다.

"오해십니다. 그리고 이게 왜 언론 탄압입니까? 억지 좀 부리지 마세요. 전 어디까지나 중재를 원할 뿐입니다."

"크흠! 그래서 뭘 어쩌란 겁니까?"

불쾌한 기색이 역력했다.

대통령은 대통령대로 열 받았다. 언론사 사주라는 위치

가 대통령도 겁내지 않을 정도인가? 하는 생각이 들어서다.

"저도 그렇고 보좌진 의견도 일맥상통하더군요. 주진일보에서 나오는 기사들이 한쪽으로 편향돼 있다고 말입니다."

"한쪽이라면 어떤?"

"쉽게 말해서 친일, 친중이 아니냔 말입니다."

"저희 주진일보가 말입니까?"

"그럼 아닙니까?"

"당연히 아닙니다. 저희는 언제나 있는 사실만을 기사화합니다. 평생 그 자부심 하나로 살아왔는데 친일, 친중이라니. 그게 무슨 말도 안 되는 주장이랍니까?"

현실을 부정하는 것인가?

철저하게 자기중심적인 사고를 하는 것인가.

매일 쏟아지는 주진일보 기사들을 보기는 하는 것일까?

이런 의문들이 대통령 뇌리를 스쳐 지나갔다.

"최소한 강백호 대표가 어떤 사람인지 정도는 알고 상대하시는 것이 어떨까요?"

김재민 대통령은 방법을 바꾸었다.

고집이 센 사람을 상대로 이래라, 저래라 하는 것보다 강백호가 어떤 사람인지 알아보라고 한 것이다.

"강백호가 그렇게 대단한 사람입니까?"

"복잡하게 설명할 거 없이 간단하게 설명하자면 강백호 대표는 주진일보에 실리는 광고를 끊게 하고도 남을 능력을 지닌 사람입니다."

신문은 광고를 먹고 산다. 그러나 주진일보에 실리는 광고가 어디 한 둘이란 말인가? 아무리 한 수 접어주고 생각하려고 해도 이건 말이 안 되는 억지였다.

"그깟 광고 좀 끊긴다고 우리 주진일보가 망하진 않습니다."

진호태는 심각하게 받아들이지 않았다. 대통령 임기는 고작 5년이지만 주진일보는 반세기 동안 살아남았기 때문이다. 그걸 언론이 가진 암묵적인 권력으로 생각하는 거다.

"진심으로 하시는 말씀입니까?"

"제가 청와대까지 와서 대통령님께 거짓말이나 하겠습니까?"

"좋습니다. 전 분명히 중재하려고 노력했다는 거 잊지 말아 주십시오."

"무슨 말씀인지는 알겠습니다. 그럼 이만 가 봐도 되겠습니까?"

"물론입니다."

"오늘 칼국수 잘 먹었습니다."

"또 볼 날이 있었으면 좋겠군요."

"그러게나 말입니다. 그럼 전 이만 가보겠습니다."

진호태는 자신감을 뿜어내면서 청와대를 나왔다.

그러나 김재민 대통령은 진호태 회장 눈에서 피눈물이 흐르는 모습이 보이는 듯했다.

*　*　*

"진 사장!"

"네. 아버지!"

"최근 대기업 중 광고가 끊긴 곳이 있더냐?"

"특별히 보고받은 내용은 없습니다만……."

"그럼 됐다."

"대통령이 뭐라고 했길래 그러십니까?"

"딴에는 WT그룹과 화해를 시켜보려고 한 듯한데 하는 말이 어이가 없어서 웃고만 말았다."

자세한 얘기는 피하면서도 대통령을 깎아내렸다.

진영호는 고개만 갸웃하다가 더 묻지 않았다. 중요한 얘기라면 따로 하겠거니 생각해서다.

진호태는 회사로 복귀해서는 최근 WT그룹과 관련된 기사를 가져오라고 했다.

"이건 왜 찾으세요?"

"꽤 되는구나."

"네. 최근 WT그룹과 관련된 이슈가 많았습니다. 아시다시피 MU—7 때문에 국내외 관심이 쏟아지고 있어서요."

"…으음. 무슨 말인지 알겠다."

"이건 어떻게 할까요?"

"두고 가거라. 그리고 가양일보 김 회장이랑 도영일보 도 회장에게 연락해서 나 좀 보잔다고 전해라."

"네. 아버지."

진호영 사장은 알아서 연락하고 약속 장소까지 잡아서 진호태 회장에게 보고했다.

약속은 바로 다음 날이었다.

주진일보가 소유한 호텔 스카이라운지 VIP룸에 모여 앉았다.

"청와대 다녀오셨다는 얘기는 들었는데 그 일과 관련 된 일입니까?"

"맞네. 김 회장."

가양일보 김가진 회장은 진호태 회장보다 겨우 한 살 어린데도 열 살 정도 차이 나는 것처럼 깍듯했다.

"대통령이 뭐라고 했길래 저희까지 불러 모으셨습니 까?"

이번엔 동영일보 도화수 회장이다.

그 역시 진호태보다 세 살이 어리기도 하고, 이 바닥에 서 결코 무시할 수 없는 진호태의 부름이라 살짝 긴장하 고 있었다.

"자네들 WT그룹에서 연락받은 거 있나?"

"최근 들어 저희 법무팀으로 허위 사실 공표로 법적 공방도 불사하겠다는 연락이 오기는 했다더군요."

"저희 역시 마찬가집니다. 진 회장님."

"허위 사실 유포?"

"네. 저희 신문에 실린 기사 내용이 사실과 다르다는 겁니다. 그런데 갑자기 WT그룹은 왜 거론하시는 건지 궁금하군요."

"대통령이 하는 말이 WT그룹과 화해하라라더군."

보수 언론이 WT그룹에 대해 허위 사실을 유포하는 이유는 간단했다. 일본과 중국 정치권에서 거액을 주고 사주했기 때문이었다.

이는 MU—7과 관련된 일로 WT그룹이 혜택을 볼 것이란 억측에서 출발했다. 그러면서 WT그룹이 개발했다는 아테나 전술 시스템이 사실은 미국 방산 업체가 개발했고, 그것을 팔아먹기 위해서 카르텔을 형성했다는 거다.

결국 미국과 한국을 제외한 5개국은 신무기란 이유로 덤터기를 쓰게 될 거라는 황당무계한 기사 내용이 많았다.

"이례적이군요."

"내 말이 그 말일세."

"그런데 갑자기 화해하라는 이유가 뭐랍니까?"

"말하는 투로 봐서는 WT그룹이 개발한 신무기와 관련해서 꽤나 신경 쓰는 눈치더군."

"실효성이 없다고들 하던데 대통령까지 나서는 걸 보

면 그게 아닐지도 모르겠군요."

"헛소리."

"하지만 회장님……!"

"됐네. 다 헛소리야. WT그룹이 등장한 지 채 10년도 지나지 않았어. 그 짧은 기간에 이지스를 능가하는 새로운 전술 시스템을 만들어낸다? 그게 말이 된다고 생각하나?"

진호태 회장은 어떤 근거도 없이 상식에 입각해서 추론해봤을 때 말이 안 된다는 것을 강조했다.

"그렇긴 한데 미국에 구축함을 판매했다고 하니 자세히 알아봐야 하지 않겠습니까?"

"아 글쎄 다 쇼라니까 그러네."

"하지만 들려오는 소식들이 심상치 않습니다."

김가진 회장과 도화수 회장은 불안한 속내를 드러냈다.

모두가 맞다는데 진호태 회장만 아니라고 하니 이러지도 저러지도 못하는 딜레마에 빠진 것이다.

"WT그룹 본사가 미국에 있다는 얘기는 들었겠지?"

"그거야……."

"그것만 봐도 뻔한 거 아니겠나. 미국 기업이 아테나로 불리는 전술 시스템을 개발했고, 그것을 비싸게 팔아먹기 위해서 한국에서 개발한 것처럼 꾸민 다음에 되사간 것이란 말일세."

진호태 회장의 주장은 다소 어폐가 있었다.

그가 좋아하는 상식적으로 생각해봤을 때 미국이 개발해 놓고 35억 달러란 거액을 들여 역수입한다는 건 일견 앞뒤가 맞지 않아서다.

"하지만 걱정이 되기는 합니다. 회장님."

"법적 공방이니 뭐니 하지만 그러다 말 걸세. 유사 이래로 대한민국에서 언론을 상대로 이겼다는 소송 들어봤나?"

"하긴… 국민의 알 권리를 침해하면 안 되는 일이니 그건 회장님 말씀이 맞습니다."

"역시 도 회장이 뭘 좀 아는구만."

김가진 회장과 도화수 회장은 진호태를 만난 뒤에 혹시나 대기업으로부터 광고를 중단하겠다는 연락을 받았는지 확인했다.

이상 없다는 보고를 받고 안심했는데 며칠 뒤부터 사달이 벌어지기 시작했다.

사건은 보수 언론 빅3 중 3위인 동영일보에서부터 시작되었다.

"사장님! 큰일 났습니다."

"무슨 일인데 그래요?"

"오성그룹, 대연자동차 그룹뿐만 아니라 세화그룹에서도 광고를 중단하겠다는 연락이 왔습니다."

"갑자기 그게 무슨 소리예요?"

"저도 영문을 모르겠습니다. 사장님!"

"전무가 그걸 모르면 누가 안다는 겁니까?"

"그…그것이……."

전무라고 한들 무슨 일인지 알 리가 없다.

세 그룹이 전격적으로 광고를 중단하겠다고 연락해 왔는데 이건 누구의 잘못이라기보다 보수 언론을 자처하는 동영일보 자체가 원인이었다.

"당장 연락해 봐요. 이유라도 알아야 회장님께 보고할 거 아닙니까?"

"아, 알겠습니다."

"참! 가양일보는 어떻다고 합니까?"

"바로 올라오느라 거기까지는……."

"빨리 확인해보세요. 연락하는 김에 주진일보는 어떤지 알아보시고."

"네. 사장님!"

동영일보 사장은 도현우로, 도화수 회장의 아들이다. 대기업하면 흔히 오성그룹이니 대연자동차그룹이니 하는 기업들만 생각하지만, 자연스럽게 스며들어서 온갖 혜택이란 혜택은 다 보고 있는 기업이 바로 언론사들이다.

잠시 후 사정이 다르지 않다는 걸 알게 된 도현우 사장은 회장실로 달려 올라갔다.

"아버지! 큰일 났습니다."

"광고 때문이냐?"

"보고 받으셨습니까?"

"비서실에서 이미 보고했다."

"어떻게 하면 좋겠습니까?"

"이유가 뭐하고 하더냐?"

"거기까지는 아직입니다."

"알아보고 다시 얘기하자."

"네. 아버지!"

화들짝 놀란 아들을 내려보낸 도화수 회장은 진호태 회
장에게 연락했다. 사정이 다르지 않다는 걸 알기에 뭐라
고 하는지 들어보고 싶어서다.

—날세.

"회장님! 주요 그룹으로부터 광고가 끊겼습니다."

—나도 보고 받았네.

"어쩌실 겁니까?"

—후퇴하잔 말을 하고 싶은 건가?

"지난번 대통령이 했던 말이 이것인가? 싶어서 전화 드
렸습니다만……."

—무슨 말이 하고 싶은 건가?

"회장님. 주진일보는 벌여 놓은 사업이 많아서 버틸지
모르겠으나 우리 동영일보는 사정이 다릅니다."

—나더러 어쩌란 말인가?

말이 '아' 다르고 '어' 다른 법인데 진호태 회장은 사실

182

상 발뺌하고 있었다.

이렇게 되면 각자도생이다.

세 언론사가 보수 언론 빅3라고는 하지만 주진일보와 가양일보, 동영일보는 체급이 달랐다.

한 마디로 광고가 끊겨서는 버티기 어렵다는 뜻이다.

"지금껏 회장님이 하자는 대로 했는데 지금 이러시면 어쩌자는 겁니까?"

―지금 이럴 시간 있나?

"무슨 말씀이십니까?"

―나에게 따질 시간 있으면 광고 유치나 하란 말일세.

"각자도생하자는 겁니까?"

―내가 언제 뭐라고 했나? 나아~참! 오래 살다 보니 별꼴을 다 보겠군.

전화기를 얼마나 세게 내려놓는지 꽝! 하는 소리가 귀를 강하게 자극했다.

도화수 입장에서는 어이가 없고 기가 막힐 지경이다.

"아니 이 양반이……."

국민의 알 권리니 뭐니 떠들어대도 돈이 없으면 직원들 월급을 줄 수가 없다. 신문사가 돈을 만들어내는 방법은 결국 지면에 광고를 실어야 한다.

며칠 고민하던 도화수 회장은 평소 관계가 괜찮았다고 생각한 세화그룹 한기주 회장을 찾아갔다.

약속도 없이 막무가내로 찾아갔으나 다행히 문전박대 당하진 않았다.

"연락도 없이 어쩐 일이십니까?"

"회장님! 정녕 모르십니까?"

"무엇을 말입니까?"

  한기주는 도화수가 왜 왔는지 알면서 짐짓 모른 척했다.

"세화그룹에서 나오는 광고가 모두 끊겼습니다만 회장님께선 모르셨습니까?"

"난 또 뭐라고. 그 일이라면 제가 지시했습니다."

"네?"

"왜 놀라십니까?"

  놀라는 것이 당연한데 왜 놀랐냐고 한다.

  이렇게 되면 광고 때문에 찾아온 도화수 회장 모양새가 더 처참해진다.

"…이유라도 말씀해 주십시오."

"그걸 몰라서 묻습니까?"

"네?"

"제가 보고 받기론 진호태 회장이랑 똘똘 뭉쳐서 대통령의 중재를 뿌리쳤다고 들었는데. 아니었습니까?"

"그…그럼……?"

"혹시나 오해할까 싶어서 말씀드리는데 이번 일은 제게도 힘이 없습니다."

이건 또 무슨 소리란 말인가?

세화그룹에서 가장 높고 가장 많은 영향력을 행사하는 사람이 바로 한기주 회장이다.

그런데 힘이 없다고?

"이해할 수가 없군요."

"WT그룹에 대해서 얼마나 조사를 하신 겁니까?"

"역시… WT그룹 때문이군요."

"당연하지요. WT그룹이 얼마나 많은 특허를 보유한지는 아십니까?"

"트, 특허요?"

"쯧쯧! 그렇게 세상 소식에 어두워서 어떻게 언론이라고 하겠습니까?"

한기주 회장은 외려 도화수 회장을 이해할 수가 없었다. 도대체 뭘 어떻게 보고받았기에 그따위로 행동하다가 광고가 모조리 끊겼는지 말이다.

"이렇게 찾아오셨으니 한 말씀 드리겠습니다. 왜 진호태 회장을 더 신뢰하는지 모르겠으나 WT그룹은 특허 괴물입니다. 당장은 잘 알려지지 않았지만 머지않아 전 세계를 상대하는 세계 최고의 기업이 될 겁니다. 생산 공장하나 없이 그들이 가진 특허만 해도 메머드급 기업이 여럿 탄생할 수 있을 정도니까요."

"그, 그 정도란 말입니까?"

"지금까지 WT그룹이 직접 발표했거나 간접 발표된 내

용 전부가 사실입니다. 쉽게 말해서 WT그룹이 동영일
보에 광고를 끊어달라고 요청하면 우리도 눈치를 봐야
한다는 겁니다."

"맙소사!"

"오성그룹이 국내 제일이라 해도 저희와 사정이 별반
다르지 않을 겁니다. 그러니까 알아서 잘 행동하세요.
제가 할 수 있는 말은 여기까지입니다."

이건 진심 어린 충고였다.

받아들이고 말고는 도화수 회장이 알아서 할 일이다.

주진일보를 비롯해서 가양일보와 동영일보는 광고가
줄어든 일간지를 발행했다. 30페이지가 넘던 일간지가
확 줄어서 20페이지로 발행될 정도로 타격이 컸다.

그러나 그것도 하루 이틀이다.

주진일보는 건설사 등 여러 계열사가 있기에 총력전으
로 나오면서 버티기에 돌입했다.

그러나 가양일보와 동영일보는 사정이 달랐다.

세 그룹의 광고가 끊긴 지 보름이 지나는 동안 여러 대
기업에서도 광고를 끊었다.

그러자 하나둘 사표 내는 기자들이 속출하기 시작했
다. 더 망가지기 전에 다른 신문사로 자리를 옮기겠다면
서 용단을 내린 기자들이 많았던 것이다.

"아버지, 이대론 안 됩니다."

"그렇다고 새파랗게 어린년한테 무릎이라도 꿇으란 거냐?"

"망해도 상관없다는 말씀이세요?"

"망하긴 누가 망해?"

"어제 발행된 일간지는 16페이지로 나갔습니다. 계열사 광고를 제외하고는 거의 다 끊겼는데 정말 상관없으십니까?"

"아무리 그래도 어린년한테 머리 숙이는 일은 못 한다."

"비자금 믿고 그러십니까?"

"못 하는 소리가 없구나."

뭐만 하면 언론 탄압이라고 하는 통에 세무조사 한번 시원하게 받아 본 적이 없다.

무슨 방법을 동원했는지 도화수 회장은 꽤 많은 비자금을 확보해 두고 있었다. 도현우 사장은 아버지가 어떻게 했는지 배우고 싶을 정도였다.

"이러다 정말 폐간될 위기에 직면할 수도 있습니다."

"일간지가 안 되면 주간지로 바꾸면 된다. 언론이 살아남을 방법은 많아. 그러니 약한 소리 하려면 사장 자리 내놓거라."

"그러실 거면 지분 모두 넘겨주세요."

"나더러 뒷방 늙은이나 되라는 말이냐?!"

"아버지! 이러다 정말 망한다니까요! 그리고 이 말씀까지 드리고 싶지는 않았는데… 곧, 세무조사가 있을 거란 첩보를 입수했습니다."

"무슨 소리를 하는 거냐?"

"국세청에 있는 제 대학 동기에게 들은 겁니다. 다들 쉬쉬하지만, 보수 언론사들 대상으로 세무조사가 임박했다는 겁니다."

"저…정말이냐?"

"그렇습니다."

흔히 건드릴 수 없는 상대를 무소불위의 권력이라고 부른다. 지금까지 언론은 그런 대상이었다. 말로만 개혁 어쩌고 해대지 정작 싸움 상대가 되면 다들 꼬리를 말뿐이었다.

"아무리 그래도 안 되는 건 안 되는 거다."

"아버지! 이러시는 이유가 진호태 회장과 의리를 지키시려는 겁니까?"

"그 양반과는 진즉에 갈라섰다."

"그럼 자존심 때문입니까?"

"시대가 변했어도 어린년에게 고개를 조아릴 수는 없는 법이다."

"수십 년 동안 이룩한 우리 동영일보를 아버지가 망쳐놓는 겁니다."

"그게 왜 내 탓이냐. 다 그년이랑 강 뭐시기란 놈 탓이지."

이만하면 고집이 아니라 아집이다.

도현우가 독단적으로 사과하려 해도 도화수가 허락하지 않는다면 기자들 논조가 바뀌지 않는다는 걸 알기에 어떻게 하든 설득하고 싶었다.

그러나 도화수는 절대 사과할 수 없다고 물러서지 않았다.

*　　*　　*

"광고가 절반 이상 끊겼는데도 바뀔 생각이 없는 모양이네요."

"이렇게까지 지독할 줄은 나도 몰랐다."

한 일주일이면 두 손 두 발 다 들고 사과할 줄 알았다. 그런데 그동안 세상을 아래로 보아왔던 우월적인 시선 위치를 결코 바꿀 수 없다는 것을 보여주고 있었다.

"이만하면 변하지 않을 사람들인 것 같습니다. 형님."

"내가 생각해도 그래."

"이러면 조금 더 극단적인 방법을 써야 하지 않을까요?"

"나도 생각 중이다."

"1차로 주진일보 윤전기를 모두 망가트리면 어떻겠습니까?"

"윤전기라면 신문을 인쇄하는 기계를 말하는 거냐?"

"맞습니다. 형님."

대통령을 통해 화해를 시도했었고, 최소한 접점을 찾으려고 노력했다.

그러나 그들은 끝내 화합을 거부했다.

애초에 이쯤 하면 숙이고 들어올 거란 예측 자체가 틀렸던 것이다.

씁쓸하지만 어쩔 수 없는 단계에 이르렀다.

"그래. 언젠가 한 번은 짚고 넘어가야 하는 부분이니 주진일보뿐만 아니라 가양일보와 동영일보까지 같이 해결해야겠다."

내가 화해를 시도했던 이유는 세상일에는 여러 시각이 필요하다는 뜻에서다.

하지만 내 의지는 무참히 짓밟혔다.

이젠 그들 또한 다른 시각을 가져야 한다는 것을 보여줄 차례다.

"이젠 드론을 보내기도 그렇고 방법이 조금 문제입니다."

이런 상황에서 세 언론사에 문제가 생긴다면 대뜸 WT그룹부터 의심할 것이다.

그래서 증거를 남기면 곤란했다.

"감쪽같아야 하는데 어쩌시려고?"

"간단한 방법이 있잖아."

"어떤?"

"EMP."

"EMP는 부수적인 피해를 피할 수 없을 텐데요."

"그건 보상할 방법을 찾아주면 돼. 민간인을 다치게 할 수 없으니 그렇게 하자."

"네. 형님!"

공장 크기가 있어서 생각보다는 주변 피해가 클 것 같지는 않았지만 피해를 입는다 해도 적당한 시기에 보상해주면 된다고 판단해서 추진하기로 했다.

방법은 간단했다.

납품 차량으로 위장한 트럭이 신문사 공장 내부에 침투해서 EMP를 터트리고 나오면 그만이다.

나중에 WT그룹을 의심한다 해도 증거가 없으니 따질 수도 없을 것이다.

내가 청룡과 함께 작전을 짜고 며칠 뒤.

주진일보, 가양일보, 동영일보가 가진 윤전기 공장 전부가 가동을 멈췄다.

이건 광고가 끊긴 것과는 또 다르게 사형 선고나 마찬가지였다. 인터넷 판이 있다곤 하지만 기본은 일간지를 발행해야 하는 거다.

세 언론사는 사태 수습을 위해 바쁘게 움직였으나 막을 수 없는 해일이 몰려왔다.

다름 아니라 그나마 광고를 기재했던 기업들이 세 언론사를 상대로 송사를 시작한 것이다. 귀책사유로 계약을 지키지 못했으니 손해배상을 하라는 거다.

이건 엎친 데 덮친 격이었다.

윤전기를 고치는 것만 해도 많은 돈이 들어가는데 기업들의 소송 제기는 작은 불에 기름을 끼얹은 것과 다름없었다.

"아버지! 제가 뭐라고 했습니까?"

진영호도 가양일보 도현우 사장과 입장이 다르지 않았다. 광고가 끊겨 갈 때 아버지 진호태를 설득하려고 시도는 했었다. 그러나 어림 반 푼어치도 가능성이 존재하지 않다는 것만 확인하고 말았었다.

"이런다고 우리 주진일보가 망하지 않아."

"하지만 최소 두 달은 윤전기 가동을 멈춰야 합니다. 예상되는 손해가 얼만 줄이나 아십니까?"

"호들갑 떨지 말고 말해 보거라."

"직접적인 피해만 천억이 넘고, 오랫동안 송사에 휘말리다 보면 얼마나 많은 피해를 입을지 모릅니다. 무엇보다 이젠 우리 주진일보의 위상이 예전 같지 않다는 겁니다."

주진일보가 가진 윤전기만 14세트다. 세트 당 수백억 원대의 고가이기에 피해가 만만치 않았던 것이다.

모터란 모터는 모두 타버렸고, 운전 시스템이 망가진 터라 이것을 보수하기 위해서는 진영호 말대로 천억 원 이상의 자금을 쏟아부어야 할 판이었다.

"다 그년이랑 그놈 탓이다."

"이미 샅샅이 뒤졌지만, 어디에도 증거가 없습니다."

"이젠 너도 나를 무시하겠다는 거냐?"

"그게 아니라 이번 일은 피해 없이 해결하는 것이 가능했습니다. WT그룹이 특허 괴물이란 거 아셨습니까?"

"그까짓 특허가 무슨 대수라고 이 난리냐?"

"난리가 아닙니다. 10대 기업 중 WT그룹과 특허 계약을 맺지 않은 기업이 없을 정도입니다. 사실 이미 승패가 갈려 있었는데 보수 언론의 기치라고 주장하던 세 언론사만 인정하지 않았다는 겁니다."

단지 고개만 숙였다면 모든 것이 해결될 일이었는데, 사과 한마디 하지 못해서 이 지경까지 온 것이다.

"됐다. 윤전기는 고치면 되고 송사는 광고 좀 실어주면 끝날 일이야."

"이런 일이 또 벌어지면 어쩌실 겁니까?"

"지금 뭐라고 지껄이는 것이냐?"

"아버지!"

제발 좀 아집을 버리란 의미에서 목청 크게 아버지를 불러보았지만, 호통 소리가 메아리로 되돌아왔다.

쫘악!

"고얀 놈! 나 진호태! 아직 죽지 않았어!!"

성인이 된 이후로 아버지에게 맞아 본 적이 없었던 진영호는 벌게진 뺨을 어루만졌다.

"결자해지라고 했습니다. 이번 일은 아버지께서 해결하십시오."

재벌가라면 보통 아들이 사고를 치고 아버지가 호통을 치는데 정반대인 장면이 연출되고 있었다.

그러나 가장 큰 문제는 다른 곳에 있었다.

세 언론사에 혼란과 공포가 계속되는 가운데, 많은 기자가 이탈해서 다른 직장을 찾아 나섰다. 이 중에는 상당수가 디지털 신문사에 도전하기 위해 모험을 시도했다. 보수 언론에서 일했던 이력을 지우기 위해서 아예 다른 직업에 도전하는 기자들도 적지 않았다. 괜히 보수 언론사 기자라는 꼬리표를 달고 다니면 안 될 것 같은 사회 분위기가 이런 일들을 만들어낸 것이다.

"알았으니 넌 기자들 단속이나 잘하거라."

"자금 지원이 필요합니다."

"대출받아서 해결하거라."

"주거래 은행에서는 이미 거부했습니다."

끄응!

진호태가 주먹을 꽉 쥐는 것이 진영호 눈에 들어왔다.

"은행은 많아. 더 알아보거라."

주거래 은행도 거부했는데 다른 은행이라고 사정을 봐주진 않을 것이다. 이런 일이 일어났다는 것은 다른 분야에서는 어떻게 해석할지 몰라도 금융권에서는 이미 사형 선고를 내린 것이나 다름없었다.

"…네. 그러죠."

주진일보, 가양일보, 동영일보가 절치부심하는 가운데, 진보 언론사들이 일대 약진하기 시작했다. 달리 진보 언론이라고 하는 것이 아니다. 비판할 것은 비판하고, 어떤 사건이든 사실 그대로를 전달하는 것이 언론이 할 일이다. 하지만 세 보수 언론사들은 이미 자정 능력을 상실했던 것이 문제였다.

우리는
열도 침몰을
원한다

막판 진통

내가 보수 언론과 드잡이질을 하는 가운데, 서울에서 벌어지는 MU—7 회의는 결론을 향해 치닫고 있었다.

회의 결론은 7개국이 협약을 맺는 것이다.

하지만 몇 가지 사안에 대해서는 조율에 진통을 겪고 있었다.

그 이유는 간단했다.

대게가 그렇듯이 이런 동맹이 추진되다 보면 단 하나라도 자국에 유리한 문구를 삽입하려고 노력하기 때문이다. 그래도 어디까지나 키는 WT그룹과 내가 있는 한국이 쥐고 있었다.

이스라엘을 대표해서 서울에 와 있는 베네트 총리는 모든 면에서 한국을 배려했으나 핵심은 미국이었다. 그 외 4개국 영국, 독일, 노르웨이, 호주는 미온적인 태도로 한국을 지지했다. 특별한 계기만 있다면 언제라도 미국 쪽 편을 들겠다는 거였다.

쟁점은 7개 회원국 중 삼임 이사국으로 정해진 한국, 미국, 이스라엘 3국에서 영국을 추가하자는 거였다.

영국도 아니고 미국이 주장하는 부분인데, 이스라엘이 한국 쪽 의견을 추종할 거라는 판단 때문이었다.

어떻게 보면 욕심이고 어떻게 보면 자국의 실리를 위해서 당연히 주장해야 할 부분이었다.

답답했다.

"왜 의견이 좁혀지지 않는 겁니까?"

회담이 지지부진하단 말을 전해 듣고는 한국 대표로 회담에 참석 중인 오성재 안보수석을 만났다.

"간단히 말해서 좀 더 자기네 나라에 조금이라도 더 유리하게 활용하려는 겁니다."

"그래봤자 우리가 무기 공급을 하지 않으면 말짱 꽝이 잖아요."

"그러니까요."

"제가 포트먼 장관을 만나볼까요?"

"그래 주시겠습니까?"

오성재 안보수석은 내 말에 반색했다.

미국이 조금만 양보해준다면 회담을 조속히 마무리될 것이고, MU—7이 발족하게 될 것이니 말이다.

"말 나온 김에 전화해보겠습니다."

포트먼 장관 역시 서울에 머물고 있어서 전화했더니 당장 나오겠단다. 그래서 의도하지 않게 세 사람이 만나게 되었다.

"갑자기 연락해서 놀라셨죠?"

"놀랐습니만 반가웠습니다. 그런데 오성재 수석님도 계시고 무슨 만남이었습니까?"

"MU—7 회의가 지지부진하다고 해서요."

"이거 아무래도 오 수석님께서 치트키를 사용하시려나 보군요."

"치트키요?"

"그렇잖습니까? 강 대표님 한 마디면 회담 방향이 확확 틀어질 수 있으니 말입니다."

"제가 무슨 치트키라고 그러십니까? 그냥 다 같이 노력하자는 것뿐입니다. 그래서 뵙자고 한 거구요."

다른 거 없다. 수개월째 난항 중인 MU—7이 하루라도 빨리 발족해서 실효성이 발휘되는 거다.

"아무래도 겁주시려고 절 만나자고 하신 거군요."

"에이~ 아니라니까 그러시네요."

"뭐 아무튼 제가 더 노력해 보겠습니다."

아닌 게 아니다.

포트먼 장관은 날 보는 자리에 오성재 안보수석이 있다는 것 자체로도 압박을 느끼고 있었으니까.

이 장면이 사소해 보이는 장면 같아도 지금까지 미국이 숱하게 저질렀던 장면 중 하나라고 보면 억지일까?

아무튼 나는 포트먼 장관을 보면서 아니라고 말하면서도 강렬한 눈빛을 보냈다.

'이만하면 알아들었겠지?'

강렬한 내 눈빛을 의식한 포트먼 장관은 찔끔하는 듯했다.

내 착각일 수도 있겠지만 조금 미안했다.

그래서 추진 중이던 계획 중 하나를 슬쩍 흘렸다.

"사실 제가 장관님 뵙자고 한 것은 미리 말씀드릴 일이 있어서입니다."

좋은 게 좋은 거니까 포트먼 장관 기분을 생각해서 살짝 비틀어서 말했다.

"하하하! 강 대표님께서 그리 말씀하시니 괜히 설레네요."

"저도 그렇습니다. 강 대표님!"

오성재 안보수석도 내가 무슨 말을 할지 잔뜩 기대하는 눈치다.

"오늘 말씀드릴 일은 중요하면서도 장기적으로 추진해야 하는 일입니다. 그와 동시에 체계적이기도 해야 하죠."

"무슨 일인데 그러십니까?"

"에너지 문제를 해결하기 위해서입니다."

"에너지라면 어디서 엄청난 원유 매장지라도 발견하신 겁니까?"

"저도 한국이 산유국이라면 소원이 없겠습니다."

에너지 문제라고 했더니 대뜸 원유를 들먹인다.

하긴. 이것이 현실이다.

2050년 이후 대체 에너지가 적극 활용되기 전에는 화석 연료가 주요 에너지원이었으니.

"그런 문제가 아닙니다. 물론 여러 분야에서 원유가 필요한 것은 사실이지만 생활 에너지와 산업 에너지에 필요한 부분은 이것으로 대체가 가능하게 될 겁니다."

"아니 그게 무엇이길래?"

"강 대표님! 그것이 원자력 발전도 대체할 수 있는 겁니까?"

"물론입니다."

"후~ 속 타게 그러지 마시고 시원하게 말씀 좀 해주시죠."

"두 분은 인공 태양에 대해서 들어보셨습니까?"

미국은 이미 연구 중인 분야고 한국도 연구를 위해 타당성 조사를 하는 중이다. 하지만 세부적으로 어디까지 진행 중인 것까지는 나도 모른다.

그리고 알 필요도 없었다. 내가 언급하는 기술은 완성

형 인공 태양을 말하는 거니까.

인공 태양은 핵융합 시 발생하는 열을 이용하는 기술이다. 이때 1억 도가 되는 온도를 얼마나 버텨 내느냐가 관건이다. 그러나 미래에 완성되는 인공 태양 기술은 1억 도가 아니다. 핵융합도 분할이 가능해서 4분의 1로 분할하는 기술을 개발해낸 것이다.

"이…인공 태양이라고 하셨습니까?"

두 사람 중 포트먼 장관이 먼저 반응했다.

때 되면 한 번씩 들먹이는 분야가 바로 인공 태양 연구였다. 그 말을 내게서 듣게 될 줄은 상상도 못 했는지 의아해했다.

"네. 인공 태양이라고 했습니다."

"인공 태양이라면 고온을 견딜 수 없어서 문제가 많다고 들었는데 방법이라도 있다는 겁니까?"

"제가 괜히 인공 태양을 언급할 이유는 없지 않겠습니까?"

"오 마이 갓!"

"강 대표님, 좀 알아들을 수 있게 설명 부탁드립니다."

"인공 태양은 1억 도 온도를 얼마나 오래 견딜 수 있느냐가 관건인 기술입니다. 하지만 살짝 비틀어보면 꼭 1억 도일 필요도 없죠."

"네?"

포트먼은 의문이 들었다.

핵융합 시 1억 도나 되는 온도가 발생하기에 문제인 것인데 뭘 비틀어 생각한단 말인가?

"아무튼 자세한 것은 기술적인 문제고, 쉽게 말해서 아만티움을 활용하면 핵융합 시 일어나는 온도를 견뎌낼 수 있습니다."

이건 더 충격적이다.

그렇지 않아도 아만티움을 미국 국적을 가진 사람과 기업이 독점해서 분쟁의 소지가 다분한데 그 아만티움으로 에너지 문제를 한 방에 해결 가능하다는 거다.

'이 사람… 그래서 미국 국적을 선택한 건가?'

그만한 능력을 갖춘 사람이라고 생각했는데 이제 보니 지킬 것이 많은 사람이라 강력한 패권 국가의 힘이 필요한 거였다.

"아만티움이 그래서 중요한 거였군요."

"그 외에도 활용 범위가 높습니다만 그 부분은 차차 말씀드릴 기회가 있을 겁니다. 우선 인공태양 프로젝트를 진행해서 원자력 발전소를 대체하는 일을 해보고 싶은데 두 분은 어떻게 생각하십니까?"

하지 않을 이유가 없다.

인공 태양 프로젝트가 성공만 한다면 무한한 에너지를 친환경적으로 제공할 수 있으니 말이다.

그러나 이 프로젝트를 진행하기 위해선 사회적 공감대도 형성되어야 하고, 산업의 틀도 획기적으로 비틀어야

해서 만반의 준비를 갖춰야 한다.

"당연히 시작해야죠."

"제가 뭘 원하는지 아시겠습니까?"

"대충은 짐작이 갑니다."

"죄송합니다만 전 뭐가 문제인지 모르겠습니다."

포트먼 장관은 눈치를 챘고, 오성재 안보수석은 포트먼 장관에 비해 감이 부족했다.

"한국도 석유 카르텔이 형성돼 있는 것으로 압니다. 그리고 미국은 더 막강한 영향력을 발휘하는 집단이죠."

"아!"

한국에서 정유 사업을 벌이는 기업들은 모두 재계 상위권에 올라 있는 기업들이다. 오가는 자금 규모가 워낙 거대하고 장치 산업이다 보니 대기업 외에는 손대는 것이 불가능해서다. 기술 부족이 주요 원인이겠지만 대체 에너지가 활성화되지 못하는 이유이기도 한 것이다.

"그들의 방해를 헤쳐가야 하는데 미국보다는 한국이 문제입니다. 그래서 공동 프로젝트로 진행했으면 합니다."

한국 대기업들이 아무리 덩치가 크다 해도 미국 에너지 기업에 비하면 조족지혈이다. 그래서 공동 프로젝트로 진행하면 감히 덤빌 수가 없는 거다.

그럼 미국은 어쩌냐고?

그건 미국 행정부가 알아서 할 일이다. 그 정도는 해줘

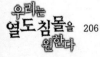

야 기술 공유하는 보람이 있으니까.

"반가우면서도 어려운 숙제란 생각이 드는군요."

"한동안은 기밀 유지를 잘하셔야 할 겁니다."

"그것은 왜?"

"아만티움 재배치를 할 생각입니다."

"하긴. 그게 알려지면 아만티움을 탈취하려는 시도가 빈번하게 일어나겠군요."

"잘 지켜주셔야 할 겁니다."

"그래야죠."

인공 태양이란 화두를 던져놓았더니 잠시도 나를 가만두지 않았다. 환경 문제가 대두되면서 원자력 발전이 추진되던 시기라 한시라도 빨리 추진하려는 것이다. 원유 때문에 전쟁도 일어나는 판에 대체 자원에 대한 완벽한 기술을 언급했으니 바짝 달아오른 것이다.

그렇게 점점 바빠지는 와중에 주진일보 진영호 사장이 나를 찾는다고 해서 만나게 되었다.

처음부터 날 찾았던 것은 아니고 오세희 회장을 거쳐 청룡도 만난 뒤라 시간을 내줄 수밖에 없었다.

"참 뵙기가 어려운 분이군요."

"보통 모르는 사람을 만나기란 어려운 법이죠. 절 만나자고 하신 이유가 궁금하군요."

"싸움은 먼저 걸어오셨는데 이유를 물으시니 당황스럽

군요."

"제가요?"

"그럼 아닙니까?"

"제가 알기론 주진일보를 비롯해서 가양일보와 동영일보가 먼저 WT그룹을 욕했던 것 같은데요. 그것도 주변국을 배제하고 독선적이란 기사가 난무했던 것 같은데… 아닙니까?"

진영호는 이게 아닌데 하면서도 자꾸 따져 물었다.

'하아~ 미치겠네.'

제발 살려달라는 말을 하려고 만난 것인데 왜 이럴까? 싶은 거다.

"…제가 어떻게 하면 되겠습니까?"

"이미 늦었다는 생각 안 드십니까?"

"지금이라도 바로 잡고 싶습니다."

"글쎄요. 진호태 회장님은 생각이 어떠신가 궁금하군요."

"제가 왔는데 회장님은 왜?"

"들리는 말이 있어서 그렇습니다. 진 회장님은 아직 사과할 마음이 없는 것으로 아는데… 아닙니까?"

흠칫 놀라는 모습이다.

넘겨짚은 말인데 놀라는 걸 보면 역시 내 짐작이 맞았다.

모든 사람을 자기 발아래로 굽어보던 사람은 쉽게 변하

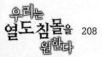

질 않는 법이다.

'가만! 아직 뭔가가 더 남았다는 건가?'

광고도 끊기고 윤전기도 망가져서 피해가 막심한데도 버틴다는 것은 분명 숨겨진 한 수가 있다는 거다. 그리고 퍼뜩 떠올랐다.

'아! 비자금이 남았구나.'

부자가 망해도 3년은 먹고 산다더니 진호태 회장은 죽으면 죽었지 머리를 숙이지 않을 것이다.

물론 몰래 챙겨둔 비자금을 믿고서 말이다.

'그렇다면……'

마지막 카운터펀치를 날려줄 방법을 찾았다.

대통령은 언론사를 상대로 하는 세무조사를 망설이고 있었지만, 이제야말로 더 이상 미룰 수 없게 됐다.

"어디서 무슨 말씀을 들었는지 모르겠으나 회장님은 자중하고 계십니다."

"오늘 회장님이 오셔서 사과했다면 좋았을 것을 그랬습니다."

"제가 사과드리는 것으론 안 되겠습니까?"

"글쎄요. 아직 진호태 회장님이 실질적인 권한을 행사하신다고 들었는데 진 사장님 사과로 충분할지 모르겠네요."

에둘러 말해도 당신으로는 안 된다고 말하는 거였다.

제대로 알아들었는지 진호영 사장의 표정이 썩어간다.

"뭐 한 가지만 여쭤봐도 되겠습니까?"

잠시 머뭇거리더니 궁금한 것이 있는지 말을 이어나갔다.

"이왕 오셨으니 의문이 있다면 풀고 가는 것이 좋겠죠."

"우리 주진일보뿐만 아니라 가양일보와 동영일보가 보유한 윤전기 전부가 멈췄는데 그것과 관련 있으십니까?"

"이미 지난 일인데 그게 중요합니까?"

"과…관련이 있다는 겁니까?"

"글쎄요. 전 모르는 일입니다. 정 의심이 가신다면 증거를 제시하시길 바랍니다."

"즈, 증거요?"

"증거가 없다면 의심을 하지 말아야 하고 사과를 하러 오셨으면 목적에 맞는 말씀만 하시는 것이 어떨까요?"

"네?"

"사과하러 오신 거 아니었습니까?"

"……."

썩어가던 표정이 이젠 뭐 이런 사람이 다 있나? 하는 표정이다.

제발 깨달았으면 좋겠다. 내가 본인들 상대가 아니라고 말이다.

"아니면 그냥 돌아가세요."

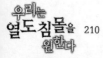

"저희는 국민의 알 권리를 위해서 기사를 냈던 것뿐입니다."

그놈의 알 권리.

언론이 전가의 보도처럼 사용하는 말이다.

'누가 너희들한테 그런 권리를 부여했지? 결국 신문에 높은 광고 단가를 받아내기 위해서 기사를 실어대면서……'

적어도 내 생각엔 주진일보, 가양일보, 동영일보는 국민의 알 권리를 주장할 자격이 없었다.

"누가 당신들에게 그런 권리를 줬습니까?"

"뭐라구요?"

"다 돈을 벌기 위한 수단이 아니냔 말입니다."

"지금 무슨 말씀을 하시는 겁니까?"

"돈이 아니면 뭡니까? 제가 알기로 주진일보는 이미 대기업으로 스무 개가 넘는 계열사를 거느리고 있는 것으로 아는데요."

"그…그것은……"

할 말이 없을 거다.

스무 개가 넘는 계열사를 거느린 것은 결국엔 사업 다각화를 통해 더 많은 돈을 벌기 위함이니까.

최근 들어 광고도 끊기고 윤전기가 멈추면서 최악의 상황으로 치닫고 있으나 그래도 계열사가 건재하다고 생각한 진호태는 끝까지 사과를 거부했다.

오늘 진호영이 나를 찾아온 이유는 이대론 안 되겠다는 생각에 결단을 내린 것인데, 이미 돌이킬 수 없는 상황이란 것만 확인하고 말았다.

"거 보세요. 제대로 반박도 못 하면서 무슨 알 권리를 주장하는 겁니까?"

"끝까지 멈추지 않을 거란 말입니까?"

"무슨 말인지 모르겠군요. 더 할 말도 없으니 먼저 일어나겠습니다."

진호영과는 더 할 말도 없고 듣고 싶은 말도 없어서 자리를 털고 일어났다.

밖으로 나온 나는 바로 청와대 비서실장에게 전화를 걸었고, 더 이상 세무조사를 미루지 말아 달라고 정중히 요청했다.

며칠 뒤 국세청 세무조사가 보수 언론을 자처하는 주진일보, 가양일보, 동영일보에 몰아쳤다. 그것과는 상관없이 언론 노조에서는 언론 탄압이라고 시위를 벌이기 시작했다. 보수 언론이든 진보 언론이든 간에 언론사가 세무조사를 당했다는 것 자체가 충격이었던 것이다.

세무조사 결과 국세청은 기다렸다는 듯이 거액의 탈세를 밝혀냈고, 막대한 금액의 추징금을 발표했다.

주진일보 450억, 가양일보 320억, 동영일보 370억이다.

수백 억대의 추징금이 발표되자 여론도 완전히 싸늘해

졌다. 그게 다 아니 땐 굴뚝에 연기가 날까, 하는 세간의
이목 때문이다.

점점 궁지에 몰린 진호태 회장은 비자금을 털어먹을 순
없어서 돈 빌릴 곳을 찾았으나 금융권은 이미 등을 돌린
상태였다. 그래서 생각해낸 것이 과거에도 인연이 있었
던 종로 마녀였다.
　그런데 이게 무슨 운명의 장난인지 하필 내가 저녁 식
사에 초대받아 방문했을 때라 나랑 마주쳤다.
　실제로 본 것은 처음이지만 TV나 잡지를 통해 이미 익
숙한 모습이라 진호태를 몰라볼 수가 없었다.
　그런데 정작 그는 나를 보고도 내가 강백호인지 알아보
지 못했다.
　"자네가 오 여사 사위인가?"
　나를 청룡으로 착각한 거다.
　"사위 형입니다."
　"응? 그럼 자네가?"
　"네. 강백호라고 합니다. 진 회장님."
　"강…백호?"
　"네. 제가 강백호입니다만 여긴 어쩐 일이십니까?"
　"크흠! 자넬 보러 온 것이 아니니 나중에 따로 얘기하
지."
　그렇게 말하곤 휭하니 안으로 들어가 버렸다.

언뜻 보기엔 당황한 것 같긴 한데 그다지 동요한 것 같지도 않아서 내가 보기엔 꼬장꼬장하게 보였다.

"형님! 저 사람 진호태 회장이죠."

"맞아."

"여긴 어쩐 일일까요?"

"아마도 돈이 필요해서일 거다."

"그렇다면 참 아이러니하군요. 이 집이 어떤 집인지 알면서 돈을 빌리러 오다니 말입니다."

"그러게. 생각보다 훨씬 더 뻔뻔한 인물이야."

"장모님이 어떤 결정을 내릴까요?"

"글쎄. 두고 봐야지."

청룡이 결혼하기 전에는 나도 이 집에 같이 살았었다. 하지만 청룡이 결혼해서 제수씨랑 같이 사는 마당에 내가 짐이 될 수는 없어서 다시 호텔로 나가서 생활하는 중이다.

나야 이리저리 움직임이 많으니 불편함을 느끼진 않았는데, 소피를 만나면서는 아무래도 집을 구해야겠고 생각하는 중이다.

"진 회장이 어쩐 일인가?"

"제가 오 여사님을 찾을 때는 뻔한 거 아니겠습니까?"

"돈이 필요해서 왔다는 말인가?"

"사는 게 다 그렇지 않겠습니까?"

"쩌렁쩌렁하던 위세는 어쩌고 돈을 빌리러 다니는 가?"

오춘자 여사가 진호태 회장을 만난 게 벌써 15년도 전이다.

그 뒤로는 흔한 인사 한마디도 없었는데 돈이 필요하다는 이유로 이렇게 찾아왔으니 인생 승부에서 이긴 것 같은 기분이 들었다.

"사정이 그렇게 됐습니다. 오 여사님."

"그런데 이를 어쩌나?"

"무슨 말씀이십니까?"

"나야 이자만 많이 주면 돈을 빌려주는 입장이긴 한데 이젠 은퇴했다네."

"은퇴라니요."

"말 그대로 은퇴했네. 그 말에 다른 의미는 없네."

"그 많은 돈을 은행에만 넣어 둔단 말입니까?"

"클클클! 아무래도 내 말을 오해했나 보군."

"뭐가 말입니까?"

"나는 은퇴했지만 내가 하던 일을 내 딸이 물려받았으니 돈이 필요하면 오 회장을 찾아가 보란 말이네."

오춘자 여사는 자신이 하던 모든 일과 재산을 이미 오세희에게 물려주었다. 때문에 증여세도 만만치 않아서 재산의 절반이 날아갔다.

"오세희 회장이 WT그룹만 운영하는 것이 아니라 사…

아니, 오 여사님이 하던 일도 한다는 겁니까?"

사채놀이란 말을 하려다가 아차 싶어서 말을 바꾼 거였다.

"그럼 안 되는 법이라도 있다든가?"

"그… 그것이……."

진호태는 금산분리법을 말하고 싶었으나 생각해보니 사채는 법과는 다르게 움직이는 부분이다.

푼돈을 다루는 것도 아니고 거액을 두고 계약에 의한 사적인 거래니까.

"왜? 무슨 말이 하고 싶은 건가?"

끄응!

"…아닙니다."

"아무튼 돈이 필요하면 오 회장을 만나보게."

말끝마다 오 회장이라고 하는 걸 보면 딸이 WT그룹을 이끌어 가는 총수라는 것이 꽤나 마음에 든 모양이다.

적어도 진호태는 그렇게 받아들였다.

"아무래도 제가 잘못 찾아온 모양입니다."

피식!

"다 망해 간다고 들었는데 아직도 자존심이 살아 있는 걸 보니 내가 알던 진호태 회장이 맞구만 그래."

"누가 그런 소리를 한단 말입니까?"

"누구긴 누구야. 누구랄 것도 없더구만. 내가 만나는

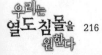

사람마다 다들 그 소리니까."

"전 절대로 망하지 않습니다."

"그거 아는가?"

"뭘 말입니까?"

"이 집에는 하루에 10가지도 넘는 신문이 배달되네. 그 중에는 주진일보도 포함돼 있지. 그런데 말이야 언제인지도 모를 만큼 한참 전부터 주진일보가 배달되지 않더군. 그래도 망한 것이 아니란 말인가?"

일간 신문이 발행을 멈췄다는 건 끝장났다는 의미나 마찬가진데도 진호태는 그것을 인정하지 않았다.

"뭔가 오해를 하신 모양입니다."

"그럼 내일이라도 신문을 배달하라고 해보든가. 주진일보가 내보내는 가짜 뉴스를 걸러내는 재미도 꽤나 쏠쏠했는데 말이야."

"그 무슨 망발입니까?"

"아니면 됐고. 허허허! 더 할 말도 없으니 차 다 마셨으면 그만 가보게."

오춘자는 그렇게 말하곤 등을 돌렸다.

진호태는 그녀의 등을 한참 바라보다가 말없이 일어서야 했다.

"그냥 가시는 겁니까?"

"볼일 끝났으니 가야 하지 않겠나?"

"제게 하실 말씀 없으십니까?"

"없네."

"그럼 안녕히 가십시오."

"그러지."

내게 할 말이 있을 것 같아서 일부러 불러 세웠는데 할 말이 없다면서 휘적휘적 걸어 나가 버렸다.

"그만하면 숙이고 들어 올만도 한데 고집이 대단하네요."

"그래서 저만큼 성공했겠지."

"성공하면 뭐 합니까? 시대 흐름을 따라가지 못하는데."

"진작 아들에게 사업을 물려주었다면 이렇게까지 되진 않았을 거다. 내가 만나본 진호영은 저 사람보다는 훨씬 깨어 있었어."

세상이 변하는데 멈춰 있으면 진호태처럼 되는 거다.

그것이 보수 기치를 내건 언론이라 해도 말이다.

"저 사람이 바라는 미래는 뭘까요?"

"글쎄다. 미래가 있기는 할까?"

"아무리 그래도 미래를 꿈꾸기는 하지 않을까요?"

"내가 볼 땐 저 사람은 어떻게 하면 세상을 굽어볼까 하는 것만 생각하는 것 같다."

추락하는 것은 날개가 있다고 했는데 진호태는 날개도 없이 추락 중이다.

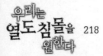

언론도 일종의 권력이라면 그는 권력에 취해 있는 거다.

권력 중독.

그것이 그가 가진 원죄였다.

우리는 열도 침몰을 원한다

리스크

주진일보가 추징금 450억을 납부했다는 뉴스가 TV 프로그램을 통해 보도되었다.

—백호님.

뉴스를 보면서 돈이 어디서 났을까, 하는 생각하는 순간 수리가 나를 호출했다.

"무슨 일이지?"

—진호태 회장 비자금 계좌를 발견했습니다.

"그래?"

—네. 스위스 비밀 계좌인데 이번에 자금 세탁을 통해 1,000억을 들여와서 추징금을 납부했습니다.

"돈이 어디서 났는지 궁금했는데 그렇게 된 거였군."

궁금했지만 비자금에 손대지 않는 것을 보고는 참 끈질기다고 생각했다.

그런데 방법이 없으니 비자금 계좌를 헐어서 돈을 한국으로 들여온 것이다.

수리가 추적한 내용을 들어보니 홍콩에 페이퍼 컴퍼니를 설립해서 투자 형식으로 들여왔다는 거다.

—계좌에 한화로 1,500억 정도가 남았는데 어떻게 할까요?

"그 돈은 국경 없는 의사회에 기부하도록 하자."

—알겠습니다. 백호님.

사심 없이 기부할 수 있는 몇 안 되는 단체라고 생각해서, 국경 없는 의사회에 남은 돈 전부를 기부하라고 했다.

수리는 추적 불가능하게 잘게 잘게 쪼갠 다음, 이름 없는 독지가를 자처해서 진호태가 남긴 비자금 1,500억을 기부했다.

그런 일이 있고 여러 일로 바쁜 탓에 잠시 진호태 회장을 잊고 살았는데 부고가 들려왔다.

자살인지 심장마비인지 모르겠으나 그의 부고는 언론계에 충격을 주기에 충분했다.

"형님! 소식 들으셨습니까?"

"진 회장?"

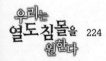

"네."

"그게 그 사람 선택이었다면 어쩔 수 없는 거지."

난 분명히 기회를 주었다.

내가 내민 손을 거부한 건 진호태 회장이다.

끝까지 헛된 미망에서 깨어나지 못한 탓에 세상을 포기한 건 아닌지 의심이 가긴 했는데 공식적인 사인은 심장마비였다.

"주진일보는 어떻게 될까요?"

"진영호 사장이 어떤 선택을 하는지 두고 보자. 재건이 가능할지 모르겠지만……."

"이런 시간 됐습니다. 들어가시죠."

"그래."

청룡과 함께 참석한 자리는 인공 태양 프로젝트 때문에 만들어진 회의 석상이었다.

하지만 조금 묘한 것이 기존 정유사들이 요청한 자리였다. 요지는 정유 사업을 포기하는 대신에 인공태양 프로젝트를 자기네 컨소시엄에 맡겨달라는 거였다.

문제는 정유사는 전부 대기업이고 WT그룹과 이미 거미줄처럼 엮여 있다는 것이다.

인공 태양 프로젝트에도 많은 돈이 들어가는 것은 명약관화한 일이고 결국 대기업과 함께일 수밖에 없다는 것은 나도 인정한다.

그러나 여러 사업이 편중된다는 것이 문제였다. 4대 정유사 중 한 곳의 모기업이 해외 기업이라 대략 난감한 부분이 있었다. 오늘 회의 석상에서 가장 큰 목소리를 내는 곳 또한 그 정유사였다.

"엑스 오일의 최태주 사장입니다."

"네. 말씀하세요."

오늘 호스트는 오세희 회장을 대신한 청룡이었고, 옆에는 나도 앉아 있었다.

"인공 태양 프로젝트가 성공하게 되면 국내 정유사들은 막대한 피해를 입게 됩니다. 때문에 당연하게도 인공 태양 프로젝트는 정유사들이 컨소시엄을 구성해서 진행해야 한다고 생각합니다."

적극적으로 표현은 안 해도 다른 정유사 대표들도 고개를 끄덕이고 있었다.

자기들 딴에는 기회라고 생각했을 것이다.

이건 성공만 하면 국내뿐만 아니라 세계적으로 판을 벌일 수 있는 사업이기 때문이다.

물론 미국과 파이를 나눠 가져야 하는 핸디캡은 존재했다.

"기름값 좀 인하해 달라고 정부가 요청해도 국내에서 버는 돈은 얼마 되지 않는다고 주장했었지 않나요?"

외환위기 사태에 국내 정유사들이 하나같이 입을 모아서 그렇게 말했었다. 고통 분담 차원에서 기름값 인상을 유보해달라고 했더니 정유사 대표들이 했던 말이다. 국

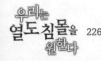

226

내에서 차량용 기름 팔아서 버는 돈은 얼마 되질 않아서 이득 보는 것도 없다고 말이다.

그런데 지금은 그걸 핑계로 망할지도 모르니 인공 태양 프로젝트를 자기네에게 달라는 거다.

"제가 언제 그런 말을 했습니까?"

"물론 최 사장님은 그때 엑스 오일 사장이 아니었지만, 전임 사장님과 지금 옆에 계시는 분들은 그렇게 주장했었습니다."

엑스 오일 최태주 사장은 부임한 지 얼마 되지 않았고, 모기업으로부터 이번 프로젝트를 반드시 쟁취하라는 특명을 받았다.

"다른 정유사들은 모르겠지만 우리 엑스 오일은 차량용 판매에 목을 매고 있습니다. 이점 고려해주시기 바랍니다."

틀린 말은 아니나 그들 역시 이윤을 추구하는 기업에 지나지 않았다.

솔직히 나는 그들 손을 들어주고 싶지 않았다.

"다른 정유사 대표님들은 하실 말씀 없으십니까?"

"제가 한 말씀 드리겠습니다."

대연 오일 대표가 마이크를 이어받았다.

"말씀하세요."

"인공 태양 프로젝트가 성공하면 국내외 영업 활동과 상관없이 정유사는 위기에 직면할 수밖에 없습니다. 그리고 사업 규모를 봐서도 대기업이 참여할 수밖에 없는데 저희 정유사가 적절하다고 생각합니다."

"…으음."

"혹시 저희 정유사들이 사회 공헌도가 약하다고 생각하신다면 그 부분은 따로 팀을 만들어서 어려운 이웃을 돕는 일에 앞장서겠습니다."

조금 늦었다는 생각이지만 지금이라도 이런 발언이 나왔다는 것은 다행이다.

그러나 여전히 그들에게선 매력을 느끼지 못했다.

"조금 더 빨리 더 많이 사회 환원하셨으면 좋았을 것을 그랬습니다."

"네?"

"그 부분은 고려 대상이 아니라는 겁니다."

"그럼 어떤 부분이 고려 대상인지 여쭤봐도 되겠습니까?"

"균형을 원합니다."

"그게 무슨 말씀입니까?"

앞뒤 잘라내고 균형이라고만 하니 모두 의아해했다.

그러나 청룡은 아랑곳하지 않고 말했다.

"우선 제외할 기업군부터 말씀드리죠. 첫째 경제특구 참여 기업은 제외합니다. 둘째 방위사업단 참여 기업은 제외합니다. 셋째 WT그룹과 특허 공유 계약을 맺은 기업은 제외됩니다."

특이하게 되는 기업이 아니라 안 되는 기업을 발표했다. 세 가지 조항인데 여기 회의에 참여한 정유사들은 엑스 오일을 제외하고 모두 포함된다. 그래서인지 최태주 사장은 자기 염원을 이룬 것처럼 활짝 웃었다가 주변 분위기를 보고 표정 관리에 들어갔다.

"그 기업들을 제외하면 재계 순위 30위 권 밖이 대부분인데 그렇게 역량이 부족한 기업들과 프로젝트를 추진하겠다는 겁니까?"

"그건 우리 WT그룹 연구진이 캐리하면 되는 일이라 걱정할 필요 없다고 생각합니다."

"아무리 그래도 그렇지. 정유사에 일하는 직원들은 어쩌란 말입니까?"

평소엔 직원을 볼트와 너트처럼 소모품 취급하는 대기업이면서 이럴 때만 직원이 소중한 것처럼 말한다.

국내에서 계약직이 없는 대기업은 WT그룹이 유일했다.

2년만 지나면 정규직으로 전환시켜 줄 것처럼 말하고 열정 페이를 요구하지만 정작 2년이 지나면 회사 사정상 어쩔 수 없다면서 계약직으로 일할 거 아니라면 나가라고 종용한다.

이건 외환위기 이후 나타나기 직전부터의 사회 현상이기도 하고 부의 불균형을 유발한다.

그리고 점점 고질적인 문제로 자리 잡아 가고 있었다.

"그 직원들은 경제특구 사업에 흡수하면 될 겁니다. 그래도 남는 인원은 저희 WT그룹에서 책임지죠."

점점 할 말이 없어지는 대표들이다.

엑스 오일 사장은 편안해진 표정으로 입을 다물고 있었다.

"하지만……."

"아! 그리고 엑스 오일은 참여해도 좋은데 조건이 하나 있습니다."

"조…조건이라면 어떤?"

"그룹 내 계약직 직원을 모두 정규직으로 전환시키고 아웃소싱 직원도 정규직 직원으로 채용하세요."

지네들은 기업 부담이 늘어난다고 하지만 얻어가는 이익에 비하면 조족지혈이다.

이럴 때 쓰라고 있는 말이 하나 있는데 '있는 놈들이 더 한다.'는 말이다.

그래서 우리는 균형을 원하는 거다.

조금 더 나은 세상을 만들기 위해서.

"그…그런……."

"안 된다는 겁니까?"

"아니 그게 아니라……."

안심하고 있다가 당황했다.

하지만 지금 머릿속 계산기를 굴린다고 해서 딱 떨어지는 답이 나오는 건 아니다.

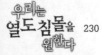

최태주 사장은 그룹 내 계약직 직원이 몇 명이나 되는지 데이터가 존재하지도 않았으니 말이다.

"당장 답변하라는 건 아닙니다. 아직 시간은 있으니까. 그러나 대체할 기업이 많다는 것도 생각해 주시기 바랍니다. 참고로 다른 정유사 대표님들께 한 말씀 드리자면 차후에도 WT그룹이 진행하는 모든 프로젝트에는 계약직이 존재하는 기업과는 거래하지 않는다는 겁니다."

"……."

"이미 특허 계약을 맺었거나 그 외의 별도 계약에 의해 거래 중인 기업들 역시 유예 기간을 두겠지만 차후 계약 조건에 조금 전에 말한 조건이 포함된다는 거 이해해주셨으면 합니다."

점점 부의 격차가 늘어가는 세상이라 이건 최소한의 재분배를 위해서다.

청룡이 한 말 때문인지 모두 심경이 복잡해지는 듯했다.

일부는 재벌가의 일원이고 일부는 전문 경영인이지만 모두가 각자의 이익을 생각하느라 분주한 눈치다.

'뭐지?'

측근들과 귓속말까지 해대는데 계약직 직원이 얼마나 되는지 확인하는 것 같았다.

"저희 엑스 오일은 강청룡 대표 권고 사항을 따르겠습니다."

"감사합니다."

엑스 오일은 사활이 걸려 있으니 울며 겨자 먹기로 따르지 않을 수가 없었다.

당장 대답하지 않아도 된다고 말했는데 굳이 그러겠다고 말하는 걸 보면 나중에 다른 조건이 내 걸리고 딴소리할까 봐 선언하듯이 말한 것이다.

"혹시 다른 프로젝트에 대해서 힌트라도 주실 순 없습니까?"

"아직 단언하기 어렵지만, 항공 쪽이나 제약, 해운 등 여러 사업이 될 수 있습니다. 우리 WT그룹은 이후로도 많은 기술을 개발해낼 것이니 기대해주셨으면 합니다. 그럼 오늘은 이만 회의를 마치는 것으로 하겠습니다."

시작도 끝도 일방적이나 반박하기 어려웠다.

여기서 갑과 을은 명확했으며 평소 협력 업체를 대상으로 갑질하던 대기업 대표들도 을이 되면 어떤 입장이 되는지 깨달았을 것이다.

* * *

경제특구 추진 사업은 건설에서부터 첨단 기술까지 거대하고 기술이 집약된 프로젝트라 할 수 있었다.

투자 유치도 그렇고 적극적으로 달려드는 기업들로 인해 무리 없이 추진되는 것 같지만 리스크는 여전히 존재

했다.

무엇보다 동토의 땅이라는 북한에서 벌어지는 사업이라는 것과 언제 어느 때 등을 돌릴지 모른다는 불안감이 존재했다.

김종은 위원장은 내 도움을 받아 이미 두 차례나 쿠데타를 저지했다.

한 번은 한국 정부도 아는 사안이고 한 번은 김종은 위원장과 내 측근들만 아는 사고였다.

그래서 더 불안한 것이다.

앞으로도 얼마나 많은 시도가 있을 것인지 걱정되고 그것이 경제특구 지역에 자리 잡은 민간인을 대상으로 테러라도 벌어질까 봐 염려되었다.

김종은 위원장은 내가 알려준 좌표에서 야마시타 골드 일부를 발굴한 뒤로 지지기반을 굳혀 나갔고, 그 뒤를 이스라엘과 내가 후원했다.

리스크를 줄이려면 하루라도 빨리 통일에 가까워져야 한다는 것에는 이견이 없으나 통일 방법론에 대해선 의견이 분분했다. 그러나 여기서 맹점은 김종은 위원장이 어떻게 나올 거냐는 것이다.

자신이 가진 기득권을 모두 포기하고 통일로 갈 것이냐?

아니면 체재가 보장된 통일을 원할 것인가? 하는 것이다.

문제는 우리 민족 특성상 민주주의와 공산주의가 공존할 수는 없다는 거다.

그런데 엉뚱한 욕심이 우리에게 기회를 가져다주었다.

다름 아닌 중국이 북부전구에 속한 세 개의 집단군을 북한과의 국경으로 집결시키기 시작한 것이다.

마치 선전포고도 없이 전쟁을 치르기라도 하려는 것처럼 전격적인 조치였는데 속도 또한 빨라서 위협적이었다.

서쪽에서는 아직도 신장 위구르 독립군과 전투 중인데 왜 갑자기 정 반대쪽에 위치한 북부전구를 움직였을까?

* * *

"급하게 됐소."

급한 연락을 받고 평양에 도착했는데 김종은 위원장은 나를 보더니 대뜸 급하다는 말부터 시작했다.

"무슨 일입니까?"

"최근에 신의주, 무산 국경 지대로 각각 78 집단군, 79 집단군, 80 집단군 소속 30만 명이 이동 집결하지 않았겠소."

"저도 그 일로 궁금하긴 했는데 아직은 위원장님과 사이가 나쁘지 않은 것으로 아는데 갑자기 이러는 이유가 뭘까요?"

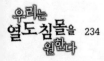

"나도 그게 궁금하지 않았겠소. 해서 정보를 수집해 봤는데 놀라운 결과를 얻어냈소."

중국군이 왜 이동했는지 알아내기는 했다는 거다.

"이유가 뭐랍니까?"

"위구르 독립군이 산샤댐 물막이 공사를 터트린 결과로 수천만 명이나 되는 이재민이 발생했는데 그걸 해결하려고 일을 벌인다고 하더군요."

"그것과 병력 이동이 무슨 관계인지 모르겠군요."

"동북 삼성에 사는 조선족을 침수 지역으로 몰아내고 조선족이 떠난 빈집을 이재민에게 내준다는 겁니다. 하아!"

김종은 위원장도 어처구니가 없는지 한숨을 몰아쉰다.

어떻게 그런 발상을 할 수 있는지 어이가 없었다.

조선족은 중국 입장에서는 소수 민족이지만 우리 입장에서는 동포다.

물론 오랫동안 중국이란 나라에서 살아오다 보니 이들은 한민족도 중국인도 아닌 존재가 돼 버렸다.

그들 입장에선 중국은 원망스럽고, 한국에겐 섭섭한 거다.

"침수 지역을 복구하는 어려운 일은 조선족에게 맡기고 조선족 문화가 자리 잡은 동북 삼성을 변화시키겠다는 거군요."

누가 아이디어를 냈는지 몰라도 중국은 일석이조를 노

리는 거였다. 아마도 동북 공정의 일환으로 시작된 일이 아닌가 싶었다.

"안타까운 일이죠."

조선족이 한국을 어떻게 생각하든 중국의 행태는 천인 공노할 일이었다.

"그럼 북부전구 병력이 움직인 것은 결국 폭동을 막기 위해서란 뜻이군요."

밖으로 알려지지 않아서 그렇지 실제로 산발적인 소요가 일어나고 있었다.

철저히 폐쇄된 사회다 보니 그걸 모르고 있을 뿐이다.

"아마도 그럴 겁니다. 안타깝지만 도울 방법이 없으니 괴롭습니다."

"…으음, 이렇게 하면 어떻겠습니까?"

"뭐 좋은 생각이라도 있으십니까?"

"위원장님께서 조선족을 받아들이는 겁니다."

"네?"

최근 들어 나아지고 있기는 하지만 아직 갈 길이 먼 북한이다.

김종은 위원 입장에서는 인민을 먹여 살리는 것도 할 일이 태산 같은데 조선족에게 정신을 쏟을 여력이 부족했다.

그러니 내 말에 의문을 표할 수밖에.

"거기에 들어가는 비용은 제가 다 책임지겠습니다. 국

경을 넘을 방법만 찾아봐 주십시오."

"그거야 썩어빠진 중국군 사령관에게 돈 좀 건네주면 길을 열어주기는 하겠지만 전부는 곤란할 겁니다."

"일부라도 좋습니다. 위원장님이 동포를 위해 가만있지 않았다는 것 정도는 알려야 하지 않겠습니까?"

"통일 이후를 생각해서 미리 씨앗을 뿌려두자는 거군요."

"제 뜻을 이해해주시니 감사합니다."

세습했다곤 하지만 한 나라의 지도자는 아무나 되는 것이 아닌 모양이다.

내 말에 숨은 속뜻을 단번에 알아챘다.

"좋습니다. 한번 해봅시다."

김종은 위원장을 만나고 돌아오는데 생각할수록 화가 났다.

소수 민족이라 하나, 지네 나라 국민을 대상으로 어떻게 그런 짓을 벌일 수 있을까 싶어서다.

* * *

김종은 위원장이 조선족을 받아들기로 한 이상 나도 그들을 수용할 방법을 만들어야 했다.

그래서 급하게 사업 하나를 추가했는데 다름 아니라 바로 경제특구 도시를 추가하는 거였다.

급작스럽긴 하지만 경제특구 도시가 추가하자는 의견
에 반대하는 사람은 열에 하나 정도에 불과했다.

기존 사업에 참여하지 못했던 기업들이 워낙에 벌떼처
럼 달려들어서 정부 담당자를 머쓱하게 만들 정도였다.

다만 어느 도시로 하는지가 문제였다.

나와 김종은 위원장이 뚜렷한 목적을 가지고 있어서 중
국 국경과 가까운 도시가 필요했는데, 아무리 따져 봐도
딱 한 도시밖에 없었다.

그곳은 바로 신의주였다.

도시가 정해지니 다음은 어떤 사업을 추진하느냐가 문
제였다.

"형님! 신의주까지 추가하는 건 버겁지 않을까요?"

"다른 도시에서 공사가 끝나가는 업체가 나오기 시작
했으니까 문제될 것은 없는데, 거기가 어떤 산업군을 집
어넣느냐가 문제야."

"사실 욕심나는 사업이 하나 있기는 합니다."

"뭔데?"

"민항기요."

"여객기를 만들잔 말이구나."

군수 분야는 이미 국내에서 추진 중이기도 하고 북한에
서 한국에 쓸 전략 항공기를 만들 수는 없었다.

차 떼고 포 떼고 남은 사업이 항공기 사업이었다.

내가 생각해도 대형 여객기를 만드는 공장이 들어서면

좋겠다는 생각이 들기는 했다.

더불어 시험용 활주로를 만들어 두면 유사시 전진 기지로도 활용이 가능하니까 이래저래 이득이다.

"네. 항공 분야가 아니어도 인건비 비중이 높은 일이라면 괜찮을 겁니다."

"내가 생각해도 항공 쪽이 좋을 것 같기는 하다."

"그럼 저희가 직접 진출해보면 어떨까요?"

"우리가?"

"네. 항공기도 항공기지만 거기에 인공위성 클러스터도 집어넣었으면 해서요."

이제 보니 항공기 사업은 위장이고 인공위성 제작을 숨기기 위해서 신의주를 선택하자는 거였다.

"인공위성?"

내가 말꼬리를 높이는 이유는 간단했다.

우리에게 필요한 인공위성은 이미 김포 반도체 단지 숨겨진 공간에서 만들어지고 있어서다.

"앞으로 계속 만들어야 하니까 아무래도 지금 공간은 한계가 있어서요."

"…으음, 출입이 자유롭기만 하다면 문제 될 것은 없는데 신의주에 인공위성 파트까지 집어넣기엔 불안하지 않을까?"

"겁낼 필요 없잖아요."

"의지가 확고하구나."

"네. 형님!"

"그래 알았다."

"그리고 인공위성 발사할 때가 임박했습니다."

발사라곤 하지만 로켓을 이용한 발사가 아니라 까막수리에 의해 발사가 될 것이다.

그리고 말이 인공위성이지 우리는 그것을 드론 형태로 만들었다.

까막수리가 우주로 나가서 드론을 발사하면 드론이 인공위성 역할을 해내는 것이다.

우리가 인공위성을 드론 형태로 만들어 낸 것은 우리 허락도 없이 한반도 상공에 자리 잡은 무허가 위성을 처리하기 위해서다.

특히 중국이나 일본이 발사한 인공위성은 기필코 제거할 생각이다.

더불어 일본과 중국 상공에 있는 인공위성도 유사시엔 제거 대상이라 만반의 준비를 하게 될 것이다.

인공위성을 제작해도 마땅하게 발사 수단이 존재하지 않았던 한국이다.

까막수리처럼 우주로 나가 인공위성을 궤도에 진입시킬 수만 있다면 그 자체로도 엄청난 사업 수단이라 현시점에서 알려져서는 곤란했다.

"생각보다 빠르구나."

"프로젝트팀이 고생 많았습니다."

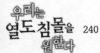

"이제야 완벽한 아테나 시스템이 구축되겠구나."

지금도 아테나 전술 시스템은 가히 최고라 할 수 있었는데 여기에 전용 인공위성까지 포함된다면 완벽을 추구할 수 있었다.

"인공위성도 미국과 공유하실 겁니까?"

"글쎄다. 그건 상황 봐 가면서 결정하는 것으로 하자. 하지만 이스라엘은 공유해야 할 거다. 물론 그만한 비용을 받아야 하고."

"알겠습니다."

* * *

"갑자기 무슨 일이에요?"

"같이 갈 데가 있어서요."

"어디요?"

오늘은 소피와 함께 갈 곳이 있었다. 그래서 급하게 만났는데 소피는 한껏 멋을 낸 데이트 복장이었다. 몸매가 그대로 드러나는 원피스를 입어서 당장 안고 싶을 정도로 매력적인 소피를 바라보니 눈까지 즐거워지는 듯했다.

내가 소피를 데리고 간 곳은 삼성동 고급 빌라였다.

한 층에 한 가구씩 5층까지 건축된 빌라 한 동을 매입해서 한 가구가 넓게 사용할 수 있도록 리모델링했다.

집이 필요하기도 했고, 소피에게 청혼하려면 같이 살
집은 있어야겠다 싶어서 마련한 것이다.

"여긴 뭐예요?"

"내 집이에요. 우리 집이 될 수도 있고."

피식!

"한국 남자들은 프러포즈를 이런 식으로 하나 보죠?"

"에이~ 내가 무뚝뚝하긴 해도 프러포즈를 이런 식으
로 하진 않아요. 내가 이런 짓도 하고 있으니까 마음의
준비를 하라는 뜻에서 보여주는 거지."

내가 말해놓고도 구차한 변명처럼 들렸다.

우리 집이 될 수도 있다는 말은 사실상 프러포즈나 다
름없었으니까.

"근데 집이 왜 이렇게 휑해요?"

"이제 막 리모델링이 끝나서 아직 가구나 가전제품을
들이기 전이라 그래요."

"설마 저더러 집을 꾸미란 거예요?"

"그래 주면 좋은데 시간 되겠어요?"

"…으음, 재밌을 것 같기는 해요."

"오케이!"

"엥? 그게 끝이에요?"

"당연히 아니죠. 이건 서막이고 이제 클라이막스로 가
봐야죠."

"뭐가 또 남았어요?"

"일단 따라와요."

나는 다시 소피를 데리고 한강 쪽으로 이동해서는 송골매를 숨겨둔 으슥한 주차장에 도착했다.

"여긴 왜요?"

"가보면 알아요."

소피와 함께 까막수리로 이동한 다음 소피의 눈을 감게 했다.

"어디를 가는데 그래요?"

"힌트를 주자면 파이티티나 아틀란 시티는 아니에요."

"그럼 어디를 가는 건데요."

"조금만 참아 봐요."

까막수리는 빠르게 대기권을 통과해서 우주로 나갔다. 그리곤 인공위성이 자리 잡을 위치에 도착했다.

소피가 눈을 감고 있는 몇 분 동안에 일어난 일이었다.

까막수리에서는 속도감을 느끼기 힘들기에 소피는 설마하니 우주로 나갈 줄은 꿈에도 생각하지 못했다.

"다 온 거예요?"

"네. 이제 눈을 떠봐요."

내가 눈을 가리고 있다가 손을 치우고는 눈을 뜨라고 했다.

"어?"

아름다운 지구가 한눈에 들어오는 위치라 그런지 소피는 할 말을 잃었다.

우주에 나가 본 경험이 없는 이상 지구의 모습을 실제로 본다는 건 영화에서나 가능한 일이다.

"어때요?"

"너…무 아름다워요."

그녀의 눈에 사랑이 가득했다.

지구를 바라보던 그녀는 이내 고개를 돌리더니 눈을 마주치고는 내게 키스했다.

"나랑 결혼해 줄래요?"

"…네."

그녀의 목에는 파이티티에서 발굴한 사파이어로 장식한 목걸이를 걸어 주었다.

그 위로 한참이나 몸의 대화가 이어졌다.

"근데 이 기체가 우주여행도 가능한 거였어요?"

"보시다시피 얼마든지요."

"어떻게 이런 기체가 존재할 수 있는지 아직도 미스터리해요."

"지금의 과학은 100년 전 시각으로 보면 마법이나 마찬가지 아닐까요?"

"하긴……."

"잠깐 할 일이 있는데……."

"뭔데요?"

"위성을 발사할 거예요."

"맙소사!"

우주여행이 가능한 것과 인공위성 발사는 별개라고 생각한 소피는 내 말에 황당하다는 표정을 지었다.

　"발상의 전환일 뿐이에요. 우주에 나온 김에 할 일 하는 거죠."

　"그래도 그렇지……."

　"잠시만요."

　소피를 기다리게 하고 나는 인공위성 기능을 할 드론 열 기를 발사했다.

　이 드론 위성은 당연히 인공지능에 의해 컨트롤 될 것이고, 명령만 내리면 적국의 위성을 박살 낼 수 있는 플라즈마포를 탑재했다. 그리고 소형 드론을 탑재했는데, 이 드론은 EMP 기능과 해킹이 가능한 장치가 설치돼 있어서 위성을 가로채는 것도 가능했다.

　"저게 위성이라구요?"

　"조금 전에 말했듯이 발상의 전환만 하면 어렵지 않은 일이에요. 비행 물체처럼 생겼지만, 이동 가능한 인공위성이에요."

　"그, 그럼 우주 전쟁도 가능하다는 거잖아요."

　"그건 좀 너무 간 것 같고 적국의 위성 정도는 파괴할 수 있겠죠."

　"그게 그거잖아요."

　"자주국방을 위해선 필요한 일입니다."

　"당연히 비밀이겠죠?"

"네."

소피는 나와 한 약속을 지켜주고 있었다.

심지어 아버지인 베네트 총리에게도 비밀을 지켜주고 있어서 고마웠다.

"근데 이해되지 않는 것이 있어요."

"뭐가요?"

"이런 기술을 가지고 있다면 언제든 일본을 혼내줄 수 있을 텐데 왜 기다리는 거예요?"

소피도 내가 일본을 어떻게 생각하는지 알고 있어서 하는 말이다.

나름 기다리는 이유가 있었는데 소피 입장에서는 납득하기 어려운 듯했다.

"망가트리기만 하자면 한참 전에도 가능하기는 했어요. 하지만 내가 원하는 건 단순히 응징하는 것만이 아닙니다."

"그럼 일본을 점령 하려구요?"

"전체는 아니고 절반 정도는 점령할 생각입니다. 나머지도 영향력 아래에 두기는 하겠지만요."

"생각해보면 백호 씨는 일제강점기를 겪은 것도 아닌데 왜 그렇게까지 하려는 거예요?"

"사실은 당신에게 말하지 않은 비밀이 하나 있습니다."

"말해 줄 거예요?"

"사실은……."

나는 소피와 결혼하기로 한 만큼 비밀을 만들고 싶지 않았다.

그래서 미래에서 타임 슬립 했다는 사실을 털어놓았다.

그녀는 놀라면서도 이제야 우리가 가진 기술 수준을 이해했다.

받아들이는 데 한참 걸릴 줄 알았는데 그녀는 불과 10여 분 만에 마음을 정리했다.

"어쩐지……."

"이해해주는 겁니까?"

"그럼요. 당연하죠. 그리고 이해할 수 없는 기술들이 가득하다 싶었는데 백호 씨 설명을 들으니까 차라리 이해가 되는 것 같아요."

"이렇게 쉽게 받아들일 줄은 몰랐어요."

"그동안 좀 놀랐어야 말이죠. 오늘만 해도 그렇잖아요. 우주에 나와서 프러포즈하는 남자라니… 후~ 사실대로 말해도 누가 제 말을 믿겠어요."

"아무튼 다행입니다. 그리고 날 이해해줘서 고마워요."

"미래는 어땠어요?"

이해한다고는 하지만 자신은 겪어보지 못한 미래가 어떨지 궁금한 모양이다.

하지만 미래가 어땠는지를 생각하니 나도 모르게 미간이 찌푸려졌다.

"지금에 비하면 지옥이나 마찬가지예요. 아만티움 때문에 벌어진 전쟁이 끝도 없이 이어졌으니까."

"아! 그래서……."

"네. 과거로 왔다는 걸 인지한 후에 가장 먼저 한 일이 아만티움을 확보하는 일이었어요. 미국을 끌어들인 이유도 나중에 벌어질지도 모를 전쟁을 막기 위해서였구요."

"그럼 우리 이스라엘은 왜?"

"이스라엘은 미국을 움직일 수 있는 나라죠."

"이제 이해됐어요."

"미리 말해두지만, 너무 걱정하지 말아요. 이스라엘은 전략적 파트너로 아주 중요한 나라로 생각하고 있으니까."

"절대 배신하지 말라고 해야겠어요."

피식!

그녀 말에 웃음이 나왔다.

"당연히 그래야죠."

하늘 청소

　위성 설치를 끝내고 나서는 수리를 통해 한반도 상공에
어떤 위성이 떠 있는지를 알아냈다.

　알려고만 들면 까막수리를 타고 우주로 나가서 뒤져 볼
수도 있었지만, 그것은 막노동이랑 다를 바 없어서 이날
을 기다렸다.

　중국과 일본 소유의 인공위성이 대략 30대가 넘었고,
미국이 100대가 넘는 위성을 띄워놓고 있었다.

　정지궤도에 떠 있는 위성과 하루에 두 번 관찰이 가능
한 위성까지 합하면 족히 500대가 넘었다.

　그렇다면 미국은 도대체 몇 대나 되는 인공위성을 하늘

에 띄워 놓았을까 하는 의문이 들기도 했다.

한반도에 떠 있는 위성과 하루에 두 번 관찰이 가능한 위성을 고려해서 전체 위성 숫자를 추론해 보면 지구 전체를 대상으로 적어도 만 대 이상은 되지 않을까? 하는 생각이 들었다.

그리고 새로운 사실을 알아냈는데 일본이 위성을 띄워 놓은 것과는 별개로 NASA에 의해 정보를 제공받는다는 거였다.

'위성 정보를 공유한다고?'

국가 간 협약에 의해 하는 일이겠지만 내 기준에선 용납할 수 없는 일이다.

그래서 포트먼 장관에게 전화해서 화를 냈더니 득달같이 달려왔다.

아직도 MU—7 때문에 서울에 머물고 있어서 그랬겠지만 아마도 미국에 있었어도 국무부 전용기를 띄우지 않았을까? 싶기는 했다.

"위성 정보 공유는 언제부터였습니까?"

"20년은 족히 됐을 겁니다. 근데 극비 사항인데 어떻게 아셨습니까?"

"다 아는 수가 있습니다."

한국과 미국은 이미 예전과는 다른 관계로 정립되었다.

전에는 미국이 압도적인 군사력으로 한국을 지켜준다

는 개념이었으나 지금은 한국이 가진 군사 기술을 공유해달라고 매달리는 중이다.

그것도 사정사정해가면서 말이다.

"하지만 일본이 정보 공유를 요청해 오는 경우에만 선별적으로 정보를 제공하고 있어서 그리 걱정할 부분은 아니라고 생각됩니다만……."

"아무리 사소한 부분이라도 정보 공유는 거부합니다. 지금까지야 몰랐으니 그냥 넘어갔다고 하지만 제가 안 이상 절대 안 되는 일입니다."

"하아~ 정말이지 절 힘들게 만드시네요."

"제 입장에서 생각해 보셨습니까?"

"네?"

"제가 미국을 사찰한 위성 정보를 러시아나 중국과 공유한다면 어찌시겠습니까?"

"그, 그것은……."

뭐라고 적당한 말을 찾아내지 못한 포트먼 장관은 어버버 할 뿐이다.

'미치겠군. 어쩌다가 이렇게 됐지?'

프트먼은 지금 상황이 심히 당황스러웠다.

그는 지금 격세지감을 느끼는 중이기도 했다.

WT그룹이 나타나기 전이라면 한국은 말 잘 듣는 애완견 같았다.

그러나 지금은 애완견이 아니라 자칫하면 물어뜯으려

고 하는 맹견으로 변해 있었다.

"그것 보세요. 장관님도 당황하시잖습니까?"

"저희가 어떻게 했으면 좋겠습니까?"

"어쩌긴요. 당연히 정보 공유를 중단해야죠. 그렇지 않는다면 한반도 상공에 떠 있는 위성은 어떤 나라 소유건 모조리 파괴할 생각입니다."

"가…강 대표님!"

왜 그리 극단적인 말을 하냐는 반응이다.

"제가 못 할 것 같습니까?"

"위성을 공격할 수단을 가지고 있다는 겁니까?"

이건 대륙 간 탄도탄 미사일을 보유한 것과는 별개의 일이다.

그야말로 우주 전쟁이란 사용할 만큼 본격적인 수단을 가지고 있어야 가능하단 뜻이다.

이건 미국도 어찌할 수 없는 일이었다.

"물론입니다. 제가 방법도 없이 그런 말을 하겠습니까?"

"맙소사! 어찌 그런……."

"며칠 내로 중국과 일본 소유 위성은 정리할 계획입니다. 관련 정보를 제공해 주지 않는다면 국적과 상관없이 모조리 제거할 것이니 알아서 하세요."

최후통첩이다.

일본에 어떤 정보를 공유했는지와 지금까지 미국이 축

적한 자료를 내놓지 않는다면 모조리 정리해 버리겠다는 거였다.

"왜 하필 제가 국무부 장관일 때 이런 일이 일어나는지 모르겠군요."

땀이 나는지 손바닥으로 이마를 쓸어낸다.

"전 분명히 말씀드렸습니다."

"시…시간이 얼마나 있는 겁니까?"

"일주일 드리겠습니다."

포트먼 장관에게 일주일이란 시간을 주고 나서 다음 날 중국과 일본 위성을 파괴해서 하늘을 깨끗이 청소했다.

어지간하면 해킹을 통해 재활용하는 것도 검토는 해봤으나 수리 의견으로는 워낙 구닥다리라 가치가 없다고 했다.

* * *

"다 된 건가?"

"네. 단장님!"

"참… 내 생전에 이런 날이 오다니 정말이지 믿을 수가 없구만. 이게 다 자네 덕분일세. 정말 고맙네. 강 고문."

한반도 상공을 청소하는 날 방위사업단 단장이자 합참의장인 고진태 장군과 함께했다.

"별말씀을요. 제 몸에 한국인의 피가 흐르는 한 언젠간

해야 할 일이라고 생각했습니다."

"아무튼 자네와 자네 형제들이 있어서 얼마나 다행인지 모르겠네."

우리가 나타난 이후로 대한민국은 아주 많이 변하고 있었다. 물론 그 와중에 잡음도 적지 않았지만 한 번도 멈춘 적은 없었다.

"위성 센터가 문제인데 도심에 있어도 문제없겠습니까?"

"네트워크로 연결되고 보안 문제만 없다면 어디에 있든 무슨 상관이겠나."

지금은 군사 위성 센터를 가지는 것만으로도 감지덕지다.

"여러 가지 이유로 WT그룹 사옥과 가까울 필요가 있으니 우선은 이곳을 센터로 활용하시죠."

"알겠네."

WT그룹 사옥 근처에 빌딩 하나를 구매해서 위성 센터로 개조했다.

위성 센터 설립을 위해 동분서주하기 얼마 전 홍콩 모처에서는 은밀한 만남이 이루어지고 있었다.

그러니까 한반도 상공을 청소하고 며칠 후에 일어난 일이다.

"살다 보니 제가 일본 관방장관을 다 만나는군요."

"저 역시 마찬가지입니다. 중국 상무위원을 만나 밀담

을 나누게 될 줄은 몰랐습니다."

오카다 장관과 중국 상무위원 장위건이 홍콩 침사추이 모퉁이에 있는 허름한 식당 밀실에서 만남을 가지고 있었다.

장위건은 일곱 명의 상무위원 중 서열 3위로 오늘 일이 마뜩치 않았다.

하지만 총리가 움직이면 은밀한 만남은 어렵다는 걸 알기에 관방장관으로 만족해야 했다.

"그런데 일본에서 띄운 위성이 모조리 블랙아웃 됐다는 것이 사실이오?"

"그렇습니다. 그래서 오늘 만남이 이루어진 거 아니겠습니까?"

한반도를 관찰하던 위성이 블랙아웃 되면서 원인을 찾아내느라 난리가 났었다.

그러던 차에 일본 총리가 연락을 해왔고, 이런 만남이 이루어진 것이다.

오늘 만남은 대책회의라기 보다는 힘을 모아 한국을 혼내주자는 공통분모를 가지고 시작된 거였다.

"그래서 뭘 어쩌잔 거요?"

"최근에 북부전구 집단군이 북한 국경으로 이동했다고 하던데 그걸 이용하면 어떻겠습니까?"

"기껏 만나자고 했으면서 굿이나 보고 떡이나 먹겠다는 것이오?"

"물론 아닙니다. 저흰 군이 움직일 때 들어가는 비용을 모두 책임지겠습니다."

얼핏 들으면 아무도 할 수 없는 일을 자기네가 책임지는 것처럼 들리겠지만 장위건은 자존심이 상했다.

"그깟 돈이 없어서 우리가 가만있는 줄 아는 거요?"

"그, 그게 아니라……."

"이런 만남을 추진했으면 적어도 한국이 어떤 방법으로 위성을 제거했는지 정도는 알아 와야 한다고 생각하오만."

"그건 백방으로 알아보고 있으니 곧, 알게 될 겁니다."

"그건 그렇고, 우리 군이 북한 국경을 넘는 일은 적절한 작전이 아니라고 생각하오."

"뭐 좋은 방법이라도 있으십니까?"

"차라리 해자대 잠수함을 움직이는 건 어떻겠소?"

평소 협력하던 사이가 아니다 보니 서로가 상대에게 떠넘기고 있었다. 간접적인 지원은 할 테니까 행동에 나서는 건 '네가 해라.' 이러는 거다.

"잠수함이요?"

"그렇소. 지금 북한과 한국이 상당히 가까워진 시점에서 북한이 남침 야욕을 드러내는 것보다 더 좋은 공작이 어딨겠소. 다시 말해서 해자대 잠수함이 작전을 벌이면 우리 언론이 일제히 들고 일어나게 하는 거요."

"……."

"김종은 위원장이 아니라고 하겠지만 한국 속담엔 아니 땐 굴뚝에 연기 날까? 하는 속담이 있으니 게 중에는 의심하는 사람도 꽤나 많을 거요."

이대로 한국이 성장하는 것을 보고 있을 수만은 없으니 어떻게든 방해를 하자는 건데 장위건은 위장 작전으로 한국과 북한 간에 균열을 만들어보자는 거였다.

"…으음. 하지만 논란거리는 될지언정 얼마나 효과가 있을지는 모르겠군요."

"더 좋은 방법이 있다면 어디 말해 보시오."

"그럼 둘 다 해보면 어떻겠습니까?"

"아 글쎄 국경을 넘는 일은 득 될 것이 없다니까 그러시네."

"그게 아니라 휴전선을 넘는 겁니다."

"휴전선을 말이오?"

"그렇습니다. 특공대를 북한군으로 위장시켜서 휴전선에서 총격전을 일으키는 겁니다. 서울로 진입할 수 있다면 금상첨화고 말입니다."

"그럼 작전 하나를 더 추가합시다."

서로 눈치가 빤해서 절대 손해 볼 마음이 없었다.

그래서인지 장위건은 오카다 장관이 하는 말에 하나 더 얹어서 제안했다.

"어떤 작전입니까?"

"거제도에 있는 WT조선소를 폭파하는 거요."

"서… 설마! 민간인을 죽이자는 겁니까?"

"큭큭! 우리 특공대를 서울로 잠입시켜서 소요를 일으키는 것과 뭐가 다른지 모르겠소만."

"그거야 휘젓기만 하는 거지 민간인을 죽이자는 건 아니잖습니까?"

"그게 그거 아니겠소."

"이건 다릅니다. 조선소를 폭파하게 되면 민간인 사상자가 수백, 수천 명이 될 수도 있습니다. 그렇게 되면 학살이 되는 겁니다."

오카다 장관 속내는 학살이 아니라 만일 들통이 날 경우를 대비해서 하는 말이었다.

자위대 특수부대나 내각조사실 요원이 조선소를 폭파했다는 것이 탄로 나면 한국도 가만있지만은 않을 것이기에 그걸 두려워하는 거였다.

"보복이 두려운 것이오?"

"크흠! 다…당연한 거 아니겠습니까?"

"그래서 무슨 일을 하겠다는 건지 모르겠군."

"네?"

"답답해서 하는 소리요. 일본에 재일 한국인이 그렇게 많다면서 왜 그들을 이용하지 않는 건지 궁금해서 하는 말이요."

자기네처럼 조선족을 수해 지역으로 이주시키는 것과 같은 일을 하라는 거다.

과거 관동지진 때도 한국인 때문에 지진이 일어났다는 얼토당토않은 일로 수천 명의 한국인을 죽였었다.

지금이라고 왜 그런 일을 못 하냐는 거다.

"하지만⋯⋯."

"킥킥! 왜? 배짱이 없는 거요?"

끄응!

"제가 결정할 문제는 아닌 듯해서 그러는 것뿐입니다."

"그럼 모리 총리 허락을 받아 오시오."

"다시 연락드리겠습니다."

미국은 미국대로 한국이 점점 두려운 존재로 인식되고 있었다.

"그게 사실입니까?"

"네. 대통령님. 일본과 중국 위성은 청소가 된 듯합니다."

"참 알다가도 모르겠군요. 한국에서 언제 그런 기술까지 보유했다는 겁니까?"

"제가 더 살폈어야 하는데 죄송합니다."

"그게 어떻게 장관 탓이겠습니까? 그런데 이번에도 강백호 대표가 끼어 있는 겁니까?"

"그렇습니다. 대통령님. 그리고 한반도 상공에 있는 우리 위성에 대한 정보 공유도 진행해야 할 것 같습니다."

내가 말해둔 마감 시한이 얼마 남지 않아서 포트먼 장관은 다급했다.

대통령에게도 처음 보고하는 것도 아니고, 며칠 동안 여러 차례 독촉은 하고 있는데 결론을 내리지 못하고 있었다.

"거절하면 어떻게 되는 겁니까?"

"우리 위성도 무사하긴 힘들 겁니다."

"투발 수단은 아닌 것 같은데 어떻게 한다는 겁니까?"

"전문가들 판단으로는 우주 비행체가 있을 거라고 했습니다."

"우주 왕복선은 우리도 있잖습니까?"

"차원이 다른 기술이 있는 것으로 보입니다. 예를 들어 아테나급 구축함에 레일건과 레이저 빔이 탑재돼 있는 것만 봐도 그와 유사한 공격이 가능하지 않을까 하는 겁니다."

"그렇다면 우주 전쟁도 가능하단 겁니까?"

미국이 보유한 우주 왕복선은 그야말로 우주로 나갔다가 다시 지구로 돌아오는 이동 수단일 뿐이다.

그것만으로도 세계에서 으뜸가는 기술력을 자랑하지만, 위성을 공격하는 것과는 차원이 다른 거였다.

"단정 지을 순 없지만 그렇게 판단됩니다."

"그 말은 우리 미국을 능가하는 패권 국가가 탄생했다는 거군요. 쥐도 새도 모르게 말입니다."

"죄송합니다."

포트먼 장관은 고개를 숙였다.

자기 잘못은 아니지만, 침통해 하는 대통령에게 미안한 마음 때문이다.

"아닙니다."

"시간이 얼마 없습니다. 결정을 내려주셔야……."

"요구를 들어주는 것 말고 방법이 없다면 그리해야지 어쩌겠습니까?"

"그럼 바로 조치하겠습니다."

포트먼 장관을 내보낸 버트너 대통령은 CIA 국장을 호출했다.

항상 있는 일이지만 대통령은 비장한 마음이다.

"부르셨습니까?"

"어서 오세요. 레이 국장."

"안색이 별로십니다. 뭐 안 좋은 일이라도 있으십니까?"

"한반도 위성 때문입니다."

CIA 국장은 이미 알고 있는 일이다.

'결국 그리됐구나.'

레이 국장은 대통령이 결단을 내렸다는 것을 지금 표정을 보고 깨달았다.

"결정을 내리신 모양이군요."

"지금 한국은 갱단과 같습니다."

"따로 하실 말씀은?"

"이런 식이라면 한국에 끌려갈 수밖에 없어요. 그래서 우리끼리니까 하는 말인데 강백호 대표를 제거할 수 있겠습니까?"

"최고로 훈련된 요원이 나선다 해도 반반입니다. 그리고 지금은 모사드까지 강백호를 지키고 있어서 정보 유출이 없다고 단정 지을 수 없습니다."

에둘러 말했지만, 결론적으로 CIA는 자신 없다는 거였다.

세계를 호령하는 CIA라 해도 한국이 약진한 이후에는 되는 것보다 안 되는 것이 더 많아진 느낌이다.

"꼭 CIA가 나설 필요는 없는 거 아니겠습니까?"

"…으음. 어떤 의미인지 알겠습니다."

"부탁해도 되겠습니까?"

일이 틀어질 경우 빠져나갈 구멍을 만들기 위해 직접적인 표현은 피하면서 애매모호한 화법을 사용했다.

"노력해 보겠습니다."

그리고 레이 국장도 같은 방법으로 화답했다.

* * *

하루 휴가를 내고 종일 고심하던 레이 국장은 아무도 모르게 멕시코로 향했다.

심지어 자기 차를 운전하는 기사도 모르게 말이다.

"하하하! CIA 국장이 날 찾아오다니 정말 놀랐소. 그것도 혼자서."

"그만큼 중요한 일이니까 이러는 거 아니겠소."

"피차 안부 물을 사이는 아니니까 쉽게 갑시다. 무슨 일인지 말해 보시오."

"좋소. 일 하나만 해줘야겠소."

"아니 CIA 국장이 수많은 요원들을 두고 나에게 와서는 냄새나는 일을 해 달라 이거요?"

"대신 마약 운반량을 늘려주겠소."

멕시코 마약 카르텔 보스 일명 마약왕이라 불리는 까를로스 구스만이다.

그는 3만 명이 넘는 조직원들을 이끄는 마약왕이라 CIA 국장도 함부로 할 수 없는 존재다.

그리고 그는 CIA와 거래하는 사이기도 했다.

나름 명분을 가지고 있는 거래인 듯하지만, 내실을 보면 더러운 거래일뿐이다.

마약왕 구스만은 레이 국장에게 뇌물을 주고 그 대가로 마약 들여오는 양을 조절하는 거다.

명분은 마약이 끊기면 중독자들로 인해 폭동이 일어난다는 것인데 얼핏 들으면 그럴듯한데 결국엔 협잡이다.

"얼마나 말이오?"

"10% 더."

"30%로 합시다."

"그건 너무 많소. 한꺼번에 그리 많이 늘어나면 문제가 많아져서 안 되니 일단 10%로 하고 결과를 봐서 10% 더 늘려주겠소."

"…으음. 무슨 일인지 말해 보시오."

"한국에 가서 일 하나만 합시다."

"한국?"

"그렇소. 강백호라고 아주 골치 아픈 놈이 하나 있는데 그놈을 제거해줘야겠소."

"CIA 국장이 이럴 정도면 보통 놈은 아닌 모양이군. 좋소. 그리하리다."

구스만은 레이 국장의 제안을 얼씨구나 하고 받아들였다.

한국에 가서 사람 하나 죽이는 일이다.

시날로아에서는 매일 숱하게 사람이 죽어 나가는데 고작 하나 죽이는 건 일도 아니다.

그래서 레이 국장의 제안을 받아들인 거다.

"시간이 촉박하니 최대한 서둘러주시오."

"최고의 시카리오를 보낼 것이니 걱정 마시오."

시카리오란 카르텔이 보내는 암살자를 말하는 거다.

게다가 구스만이 말하는 최고의 시카리오란 조직을 유지하는 근간이기도 했다.

3만 명이 넘는 연합 조직이 두려워하는 존재이기도 했으니까.

레이 국장이 시날로아를 다녀간 다음 날.

시날로아 카르텔 최고의 시카리오 에르난도가 한국행 비행기에 몸을 실었다.

김포 공항에 도착한 암살자 에르난도는 입국 심사를 받기 위해 당당하게 여권을 내밀었다.

"입국 목적이 뭐죠?"

입국 심사원이 에르난도 외양을 보고는 영어로 질문했다.

"비지니스!"

그는 간단하게 말했고 입국 심사원은 잠시 에르난도를 노려보다가 도장을 꾹 눌러서 찍은 다음에 여권을 돌려주었다.

피식!

'이렇게 쉬워서야.'

가짜 여권인데 무사통과하는 걸 보고 한국에 대한 그의 첫인상은 너무 쉽다는 생각밖에 들지 않았다.

그는 짐도 간단해서 백 팩 하나가 전부였다. 필요한 것은 현지에서 조달하면 그만이라 많이 들고 올 필요도 없어서 간편하게 이동한 거다.

미리 약속된 호텔에 도착한 에르난도는 백 팩을 내려놓

고는 바로 화장실로 들어가서 변기 물통 뚜껑을 열었다.

"글록 17이군."

9mm 파라블럼 탄 17발이 들어가는 탄창을 사용하는 권총이다.

물속에 담긴 권총은 젖지 말라고 지퍼 백에 담겨 있었고, 그 안에는 소음기까지 들어 있었다.

카르텔에서 암살자로 일하면서 CIA에게 무기를 공급받는 일이 생길 줄이야.

보통은 자료를 제공받거나 직접 수집한 다음 보스 명령을 집행했는데 이번엔 CIA가 자료까지 제공했다.

총을 꺼내 분해해서는 기름칠하고 꼼꼼하게 손질했다. 그리고 나서는 룸에 설치된 컴퓨터를 통해 WT그룹과 강백호 대표에 대해 검색했다.

"생각보다 거물인데? 하지만 어쩌겠어. 내 목표가 된 이상 넌 죽어줘야겠다."

말은 이리해도 변수가 많다고 생각했다.

거물인 만큼 경호원이 많을 거라고 생각한 것이다.

그런데 막상 동선을 파악하는데 꼬리잡기가 더 어렵다는 것을 느껴야 했다.

동선 파악이 너무 어렵다는 것을 깨달은 에르난도는 방법을 바꿔서 주변 인물을 감시했는데 바로 청룡이었다.

청룡은 WT그룹 때문에 외부에 노출되는 시간이 많다

보니 에르난도에게는 좋은 먹잇감으로 보였다.

"네놈이 타깃이었다면 쉽게 끝났을 텐데… 가만! 그렇지. 그런 방법이 있었어."

동생이라고 했으니 저놈이 다치면 형이 나타날 거란 생각이 든 것이다.

저격 총이 있다면 100미터가 넘는 이 거리에서도 처리가 가능한데 글록 권총밖에 없어서 가까이 접근해야 하는 것이 함정이었다.

에르난도는 작정하고 외신 기자로 변신했다.

신분 위장할 때 사용하는 방법인데 간혹 쓰는 방법이라 명함까지 준비돼 있었다.

마이애미 뉴스 위크라고 소개한 에르난도는 정식으로 인터뷰 요청까지 해서 청룡에게 접근하려고 했다. WT 그룹이 마이애미에 진출해 있어서 자기 피부색을 고려해서 생각해낸 신문사였다.

그래도 문제는 있었다.

접근은 용이하나 바쁜 일정 때문에 열흘 뒤에나 인터뷰가 가능하다는 거다.

"빨리 처리해달라고 했는데 열흘이라니 답답하군."

청룡에게 접근하는 것만 열흘이다.

* * *

"누구라고?"

"마이애미 뉴스위크 신문사라는데요?"

"마이애미 언론사가 너에게 인터뷰 요청을 했다고?"

"네."

"이상하군. 마이애미에서는 네가 노출된 적이 없을 텐데 말이야."

이상하다는 생각이 들었다.

마이애미에서 청룡이 노출된 적이 있었나 하는 생각이 들어서다.

그곳에서는 윌슨 선장을 찾아내기 위해서 내가 노출된 적은 있어도 청룡은 아니기 때문이다.

"그렇긴 한데 요즘 돌아가는 상황을 보면 이상할 것도 없잖습니까?"

"글쎄다. 아무튼 조심할 필요는 있겠다."

"네. 형님."

청룡에게는 대수롭지 않게 말해놓고 마이애미에 뉴스위크 신문사가 있는지를 알아보고 그곳에 에르난도라는 기자가 있는지 확인해보았다.

"없단 말입니까?"

—네. 저희 신문사엔 그런 기자는 없습니다. 혹시나 기자를 사칭하는 놈이 있다면 신고해 주시기 바랍니다.

"그러죠."

단순히 걱정했던 일이 위험으로 둔갑했다.

나는 놈이 청룡을 노린다고 오해하고 역추적을 시작했
다.

　회사로 전화해서 인터뷰 요청을 했으니 수리가 그것을
역으로 추적해서 어디서 전화했는지 알아낸 것이다.

　"어디라고?"

　─세화 호텔에서 걸려 온 전화입니다.

　"호텔이란 말이지."

　─네.

　"최근 입국 기록을 살펴봐."

　수리는 공항 입국 심사 기록을 해킹해서 금세 에르난도
에 대한 기록을 찾아냈다.

　그리고 그 자료엔 여권 사진까지 포함돼 있었다.

　<u>드르르르륵.</u>

　인쇄기에서 에르난도 신상 명세와 여권 사진이 출력되
었다.

　"호텔이라면 내가 나설 필요 없겠어."

　─경찰에 신고할까요?

　"아니야. 경찰은 처리하기 힘들 거야."

　경찰은 놈을 처리하기 힘들다고 생각해서 고진태 단장
에게 전화를 걸었다.

　─자네가 이 시간에 어쩐 일인가?

　"긴히 부탁드릴 일이 있어서요."

　─자네가 부탁을? 하하하! 별일이 다 있구만. 그래 무

슨 일인가?

"군 기밀을 빼내려는 스파이가 잠입한 것 같아서요."

—뭐? 그게 정말인가?

고진태 단장은 합참의장이다.

미군으로부터 작전 환수권을 돌려받은 만큼 군에서만큼은 대통령과 국방부 장관 다음인 3인자였고, 야전 사령관으론 넘버원이었다.

"제 동생을 납치하려고 하는 것 같은데 아무래도 선제적 조치가 필요할 것 같습니다."

—무슨 말인지 알았으니 어떤 놈인지 알려주게.

"지금 세화 호텔에 머물고 있는데 외신 기자로 위장했습니다. 제가 여권 정보랑 사진을 보내드리겠습니다."

—알겠네. 군 정보국을 동원해서 바로 처리하지.

"감사합니다."

—감사는 무슨. 당연히 해야 할 일이지.

내가 고진태 단장에게 전화하고 30분쯤 지났을까 군정보국 요원들이 세화 호텔에 들이닥쳤다.

띵동띵동.

초인종 소리가 들리자 룸 안에 있던 에르난도는 모골이 송연해지는 느낌을 받았다.

"누구지?"

룸서비스를 시키지도 않았다.

그런데 누군가 찾아왔다는 건 자신이 노출됐을 가능성도 배제할 수 없다고 생각했다.

이건 본능적인 것인데 하는 일이 원체 위험해서 늘 긴장한 탓에 감각이 날카로운 탓이다.

철컥!

서둘러 권총을 찾아서 소음기를 부착한 다음 슬라이드를 당겨서 탄환을 약실로 밀어 넣었다.

"누구십니까?"

"미스터 에르난도. 문을 열어주시죠. 잠시면 됩니다."

문에 달린 작은 구멍으로 밖을 확인해보니 검은 정장을 입은 사내들이 문 앞에 서 있었다.

'셋?'

일단 눈에 보이는 건 세 명이었다.

철문이어서 문을 닫은 채로 총을 쏘는 건 불가능했다.

'젠장! 이래서 총기 소지가 불법인 나라에서는 활동 안 하는 건데……'

후회해도 소용없었다.

'할 수 없군.'

에르난도는 재빨리 짐을 정리해서 백 팩을 등에 메고 문 앞에 섰다.

그리곤 잠시 호흡을 고르고 손잡이를 잡고 확 잡아당겼다.

풋! 풋! 풋!

"큭!"

"앗! 끄악!"

"커헉!"

설마 총을 쏘면서 나올 거라곤 생각하지 못했던 요원들은 속수무책으로 당했다.

에르난도는 쓰러진 요원들을 향해 다시 한번 총격을 가해서 확인 사살까지 하고 유유히 사라졌다.

공항으로 가려던 에르난도는 정체가 탄로 났을 거란 생각에 방향을 틀어서 여권 따위는 물어보지도 않을 허름한 모텔로 들어가서 몸을 숨겼다.

하지만 놈이 모르는 것이 하나 있었으니 혹시나 해서 붙여둔 감시 드론이 놈을 관찰하고 있었다는 것이다.

총을 사용한 것은 내게도 충격이었다.

마이애미 언론사를 참칭했을 때부터 의심했어야 하는 것이 맞았다.

내 실수 같아서 놈에게 당한 군 요원들에게 미안했다.

"단장님! 접니다."

—자넨 무사한가?

이미 보고를 받았는지 내 안부를 물었다.

"전 무사합니다."

—놈이 총을 가졌을 줄은 몰랐네.

"저도 그렇습니다."

—내 잘못이야. 그보다 놈이 몸을 감춘 모양인데 놈에

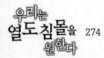

대한 정보가 없나?

"그렇지 않아도 그거 때문에 전화 드렸습니다. 혹시나 몰라서 호텔 근처에서 대기 중이었는데 놈이 나와서는 한참 배회하다가 지금은 영등포 역 근처 모텔에 투숙해 있습니다."

―몇 호에 있는지도 아는가?

"503호입니다."

―고맙네. 이번에야말로 실수하지 않고 잡아낼 테니 걱정하지 말고 기다리게.

"확인하고 싶은 것이 있으니 가급적 생포했으면 합니다."

―알았네.

군 정보국 요원이 당한 이상 특수 요원들이 투입되었다.

동료가 당했으니 군 정보국에도 비상이 걸려서 모두 이를 갈고 있어서인지 이번엔 만반의 준비를 갖추고 놈을 체포하기 위해 영등포역으로 출동했다.

총기를 가지고 있어서 그런지 소개 병력이 동원되어서 체포 작전에 돌입했고, 다수의 부상자까지 발생한 다음에야 놈을 체포할 수 있었다.

＊　＊　＊

"너를 이런 식으로 만나게 될 줄은 몰랐군."

고진태 단장에게 부탁해서 놈을 보러 왔는데 얼굴에 피멍이 심하게 들어 있었다.

동료를 죽인 화풀이를 단단히 한 모양인데 경찰이었다면 이렇게 다루진 않았을 거란 생각부터 들었다.

그런데 놈이 나를 알아본다.

"날 아나?"

"멍청한 놈! 그것도 모르고 날 잡았나."

"설마 내가 목표였단 말인가?"

"그렇다. 널 찾을 수가 없어서 동생을 노렸던 거다."

"누가 시킨 일이지?"

"그걸 말할 거 같은가?"

"이미 고문을 당한 거 같은데 내가 나서면 이 정도로 끝나지 않아."

피식!

"흥! 마음대로 해보시지."

배짱인지 경험이 많은 것인지 저렇게 피멍이 든 상태에서도 콧방귀를 뀐다.

괜히 힘 뺄 필요 없다. 이런 놈을 상대할 때 사용하는 약물이 있으니까.

미리 준비해 온 약물 담은 주사를 팔뚝에 꽂아 쭉 밀어 넣고는 약효가 돌기를 기다렸다.

미래에서 만들어진 약물인 만큼 부작용도 없고 묻는 말

276

에 술술 대답만 하게 만들 뿐이다.

그리고 나서는 푹 자고 일어나면 무슨 일이 있었는지도 모를 것이다.

"시작해 볼까?"

"누…누구?"

"그건 됐고. 어디서 왔는지나 말해 봐."

"시날로아."

─시날로아는 멕시코 중서부에 위치한 길쭉한 도시입니다.

내가 어딘지 생각해내기 힘들어하자 수리가 재빨리 정보를 알려주었다.

이건 맥락이 없는 뜬금포라 '이건 뭐지?' 하는 생각이 앞섰다.

"시날로아에서 왜 왔지?"

"보스 지시로 강백호를 죽이러 왔다."

"보스가 왜 나를 죽이라고 한 거지?"

"그건 모른다. 나는 시날로아 카르텔 보스 명령만 받는 시카리오다."

"다른 건 모르고 보스 명령만 받고 한국에 들어왔다는 거야?"

"그렇다."

"보스는 누구고 어디를 가야 만날 수 있나."

"까를로스 구스만. 시날로아에 가면 보스가 어디에 사

는지는 누구나 알고 있어서 찾기는 쉽다."

"찾기는 쉬운데 접근은 어렵다는 뜻인가?"

"맞다. 100명도 넘는 무장 부하들이 저택을 지키고 있을 거다."

갑자기 멕시코 마약 카르텔이 왜 나를 죽이려 했을까?

내가 마약 카르텔을 건드린 적도 없는데 갑자기 왜 이런 일이 일어났을까? 궁금증투성이다.

해결하려면 놈이 보스라고 부른 까를로스 구스만을 만나보는 방법밖에 없었다.

"멕시코 마약 조직?"

"네. 그쪽에서 절 노리고 보낸 놈입니다."

"그쪽이랑 원수진 일이라도 있나?"

"전혀 없습니다."

"그것참……."

"지금부터 알아내 봐야죠."

"내가 뭐 도와줄 일은 없겠나?"

"절 노렸다니 제가 알아서 하겠습니다."

멕시코로 군 정보국 요원을 보낼 수도 없는 일이니 고진태 단장도 이쯤에서 물러나는 것이 맞았다.

지체할 거 없이 멕시코로 날아가서 시날로아 카르텔 보스 집이 어딘지 알아냈다.

에르난도란 놈이 말한 것처럼 구스만의 집은 동네 개도

알고 있을 정도로 유명했다.

다만 지키는 무장 병력이 어마어마해서 전쟁 치를 준비가 돼 있지 않고서는 적대 세력이 접근하는 것조차 불가능하다는 것이 문제라면 문제였다.

쉽게 말해서 시날로아 도시 전체를 마약 카르텔이 장악하고 있다고 보면 정확하게 꿰뚫은 것이다.

'놈이 안에 있는지 모르겠군.'

놈이 있는지 확인하기 위해서라도 스파이더 드론을 저택으로 떨어트려 살포했다.

물론 지금은 야심한 밤이었다.

스파이더 드론이 아무리 작아도 1,000마리 이상을 살포하면 눈에 띌 수도 있는 일이라 밤이 되기를 기다렸던 것이다.

수리는 스파이더 드론이 집안 곳곳을 돌아다니면서 보내오는 정보를 취합하더니 내게 필요한 영상을 출력해 냈다.

―2층 중앙 침실에 까를로스 구스만이 누워 있습니다.

"놈이 맞아?"

―네. 사업을 명목으로 언론에 노출이 잦아서 사진은 쉽게 구할 수 있었습니다.

"알았어. 원반 드론 살포해서 무기 들고 있는 놈들은 모조리 제거해."

―네. 백호님.

투투투투투……

원반 드론 수백 대가 까막수리에서 떨어져 나갔다.

그리고 잠시 뒤 펑! 펑! 하는 소리가 들리고 야간 경계를 하던 조직원들이 쓰러지기 시작했다.

이런 놈들은 가리고 말 것도 없어서 무차별 공격하는 것에 대해서 고민할 필요도 없었다.

설사 어린아이라 해도 무기를 들고 있으면 가차 없었다.

"보스! 큰일 났습니다."

끄으응!

"응? 이게 무슨 소리야?"

총소리 같지는 않고 뭐가 빵빵 터지는 소리가 들리자 심하게 동요했다.

"공격받고 있습니다."

"누가 감히 우리 조직을 공격한단 말이냐?"

"그, 그게…….."

"왜 말을 못 해?"

"누군지 모르겠습니다. 아무튼 빨리 피하셔야 합니다."

"내가 피해야 할 정도로 위험하단 말이냐?"

"죄송합니다. 보스!"

다급한 상황인데도 보스에 대한 예의를 차린다.

기강만큼은 확실한데 건드리지 말아야 할 사람을 잘못
건드렸다는 것을 아직 깨닫지 못했다.
"미치겠군. 차는?"
"뒷마당에 준비해뒀습니다. 어서 가시죠."
　피하는 것도 루틴이 정해져 있어서 구스만은 익숙한 듯
움직였다.

　반면 놈이 피한다는 것을 알고 있으면서도 일부러 추적
만 하게 했다.
　원반 드론이 잔당을 처리하는 동안 내가 타고 있는 까
막수리는 구스만을 쫓았다.
　구스만이 탄 방탄차는 도시 외곽을 쭉 빠지더니 창고
같은 건물로 쑥 들어갔다. 창고 문이 열리고 차가 안으로
들어가고 다시 닫히는 시간이 워낙 순식간이라 이런 일
에 대비해서 훈련한 것이 아닌가 하는 생각이 들 정도였
다.
"수리야. 몇 명이나 있지?"
─열 센서 감지 결과 스물한 명입니다.
"보스만 남겨두고 처리해."
─네. 백호님!
투투투투…….
　다시 원반 드론 수십 대가 까막수리를 빠져나갔다.
　원반 드론 한 대는 백만 원 정도로 제작이 가능하다.

이렇게 무차별적으로 살포해서 소모품으로 쓰기엔 아
깝다는 생각이 들 수도 있지만, 아군 목숨을 생각한다면
지극히 저렴한 비용으로 작전을 시작할 수 있는 전략 병
기라 할 수 있었다.

　펑펑펑……

　한편 뭐가 터지는 소리가 들리면서 부하들이 픽픽 쓰러
지자 구스만은 심하게 동요했다.

　"로드리게스! 정신 차려. 정신 차리라고."

　"끄윽!"

　아까 전 저택에서 자신을 피하라고 도와준 로드리게스
마저 의문의 공격을 받고는 팔 한쪽이 떨어져 나간 채로
쓰러지더니 운명을 달리했다.

　"뭐, 뭐야?"

　작은 물체 하나가 3미터 앞에서 딱 멈추더니 거기서 말
소리가 들려왔다.

　"까를로스 구스만! 무기 버리고 손들어."

　"헉!"

　컴퓨터도 익숙하지 않은 구스만이다.

　첨단 기술이 집약된 드론을 보고는 기겁할 수밖에 없었
다.

　―무기 버리고 손들어.

　"미친 소리 그만해."

　―마지막 기회다. 무기 버리고 손들지 않으면 폭발시

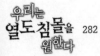

282

키겠다.

"뭐라고?"

—다섯을 세겠다. 다섯, 넷, 셋.

"자, 자, 잠깐!"

휙!

구스만은 은색으로 반짝거리는 권총을 2미터 앞으로 던졌다.

—엎드리고 눈 감아.

드론이 터지면서 부하들이 죽는 것을 목격했기에 무기를 버린 뒤에는 순순히 말을 들었다.

그리고 잠깐의 시간이 흐르고 손발이 묶이더니 팔뚝에 약물이 주사되는 것을 감각으로 느꼈다.

구스만은 정신이 몽롱해지더니 기분이 좋아졌다.

"이름?"

"까를로스 구스만."

"조직이 부리는 시카리오 에르난도를 아나?"

"안다. 내가 한국으로 보냈다."

"왜 보냈지?"

"강백호란 놈을 죽이라고 보냈다."

"강백호는 왜 죽이라고 했지?"

"CIA 국장이 마약 유통량을 늘려주겠다면서 부탁했다."

두둥!

의외였다.

이유가 있을 거라고 생각하기는 했어도 설마하니 CIA 국장이란 말이 튀어나올 줄은 생각도 못했다.

"나를 죽이라고 한 이유는?"

"그건 모른다. 난 거래를 받아들였을 뿐이다."

마약 유통을 빌미로 날 죽이라고 한 걸 보면 시날로아 카르텔을 이용해 차도살인을 계획한 거다.

'CIA가 왜 날 노리는 거지?'

그동안 미국에 협조했었다.

오히려 내가 적극적으로 나왔을 정도로 미국에 편의를 제공했는데 CIA가 날 제거하려 하다니 내 입장에서는 충격받을 수밖에 없었다.

"그와 관련해서 더 할 말은 없나?"

"내가 아는 건 그게 다야."

"내가 널 죽이지 말아야 하는 이유 하나만 말해 봐."

날 죽이려고 한 대가로 조직을 박살 낼 명분은 충분했다.

그러나 마약 조직과 괜한 분란을 만들고 싶지는 않아서 마지막으로 말할 기회를 준 것이다.

"내가 가진 거 전부를 주겠다. 살려줘."

이유를 말하라는데 기껏 하는 말이 살려달란다.

"마약을 보관하는 곳은 어디야?"

"창고 위치가 적힌 수첩을 주면 살려줄 텐가?"

"돈은?"

"현금은 마약 창고에 분산해서 보관하고 나머진 여러 계좌에 나눠져 있다."

마약으로 번 돈을 내가 갖고 싶지는 않아서 창고는 태우고 계좌에 든 돈은 모두 익명으로 여러 자선 단체에 기부하게 했다.

까를로스 구스만은 어떻게 됐냐고?

놈은 죽이진 않고 남극 꼭짓점에 데려다 놓았다. 거기서 살아 나온다면 그것 또한 놈이 가진 운명이라 생각하고 도전을 받아줄 생각이다. 살아 나온다면 내게 복수하려고 할 것이 뻔하니 하는 소리다.

그나저나 CIA 국장 이놈은 어떻게 혼내 주지?

CIA라면 독단적으로 일을 벌였을 가능성이 있고, 배후가 있을 수도 있다. 하지만 이런 일은 정공법으로 나가야 한다고 생각해서 바로 백악관으로 쳐들어갔다.

내겐 그럴 자격과 명분이 충분했고, 언제든 백악관에 방문할 수 있는 허가 또한 가지고 있었다.

〈다음 권에 계속〉

어울림 BOOKS
신인 작가 대모집!

어울림 출판사는 무한한 상상력과 뜨거운 열정을 가진 작가 여러분을 기다리고 있습니다.
창작에 대한 열의가 위대한 작품으로 꽃피울 수 있도록 저희 어울림 출판사가 여러분의 힘이 돼 드리겠습니다.

지금 도전하십시오!

모집 분야 : 판타지, 역사, 무협, 로맨스 등
모집 대상 : 아마추어, 인터넷 작가등 열정을 가진 모든 작가
모집 기한 : 수시 모집
작품 접수 방법 : 당사 네이버 카페 또는 이메일을 이용해 주십시오.

파일 형식은 제한이 없으나 원활한 원고 검토를 위해 '.HWP' 형식으로 보내주시고, 파일에 연락처도 함께 기재해주시면 됩니다.

채택된 작품은 정식 계약을 통해 출판물로 간행됩니다.
간행된 출판물은 당사의 유통망을 이용하여 전국 서점으로 배포됩니다.
※ 문의 사항은 네이버 카페(http://cafe.naver.com/oulim0120)를 이용하시기 바랍니다.

경기도 고양시 일산동구 장항동 43-55 성우사카르타워 801호
어울림 출판사 신인 작가 담당자 앞
전화 031) 919-0122 / **E-mail** 5ullim@daum.net

천살성의 운명을 타고난 마신 독고황
그리고 무림을 지켜온 천신검가
하지만 위대한 가문은 지워졌다.

절망 속에 화룡을 품게 된 검무천.
역경 속에서 북두칠성이 눈을 뜬다.

"돈만 내면 무슨 일이든 해결해드립니다."

붉은 머리카락을 휘날리는 용병 검무천.
무림에 다시 드리운 어둠과 맞서 싸운다.
그가 가는 길은 또 다른 전설이 된다.

송세종 무협 장편소설

어울림
BOOKS

이계로 넘어간지 오백년.

가족이 걱정되어 돌아왔다.

안빈낙도의 삶을 누리겠다고 결심했다.

이계의 침공이 있기 전까지.

나는 확신했다.

'이대론 안 돼. 가족들도 위험해져.'

나는 나 자신을 숨기지 않았다.

하지만 나는 몰랐다.

이 모든 것이 별의 주인을 위한 과정이었음을.

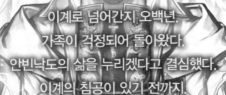

별의 주인과
선의 마법사

어울림
BOOKS

등대빛 현대판타지 장편소설